Petit éloge des chats

Les Pérégrines : un mot au féminin pluriel pour évoquer nos féminismes ; un nom en hommage au roman éponyme de Jeanne Bourin, grand-mère et figure d'inspiration d'Aude Chevrillon, la directrice de la maison.

Notre ambition : vous proposer un voyage intellectuel en publiant des textes toujours pertinents, souvent impertinents, qui, par des voix fortes et hardies, des plumes belles et singulières, observent le monde par différentes fenêtres, nous amènent à faire un pas de côté, nous poussent à mieux appréhender l'autre, l'étrangeté, la diversité, nous livrent des trajectoires inspirantes pour dessiner une société plus humaine.

Couverture et mise en page : Flora Monnin

Éditions Les Pérégrines
21, rue Trousseau 75011 Paris
www.editionslesperegrines.fr

Jérôme Attal

Petit éloge des chats

Éditions Les Pérégrines

Du même auteur

La Ballade de Pattie, George et Eric, Le Mot et le Reste, 2022
L'Âge des amours égoïstes, Robert Laffont, 2022
Petit éloge du baiser, Les Pérégrines, 2021
J'aurais voulu être un Beatles, Le Mot et le Reste, 2020
La Petite Sonneuse de cloches, Robert Laffont, 2019
37, étoiles filantes, Robert Laffont, 2018
L'Appel de Portobello Road, Robert Laffont, 2017
Les Jonquilles de Green Park, Robert Laffont, 2016
Aide-moi si tu peux, Robert Laffont, 2015
Presque la mer, Hugo Romans, 2014
Le Voyage près de chez moi, Stéphane Million éditeur, 2013
L'Histoire de France racontée aux extraterrestres, Stéphane Million éditeur, 2012
Folie furieuse, Stéphane Million éditeur, 2010
Pagaille monstre, Stéphane Million éditeur, 2010
Journal fictif d'Andy Warhol, Stéphane Million éditeur, 2009
Le Garçon qui dessinait des soleils noirs, Stéphane Million éditeur, 2008
L'Amoureux en lambeaux, Scali, 2007

Il est difficile d'attraper un chat noir
dans une pièce sombre,
surtout lorsqu'il n'y est pas.

Proverbe chinois

Écrire sur (et avec) un chat

Depuis la nuit des temps, de l'Égypte ancienne où le félin était élevé au rang de divinité, jusqu'au confort douillet de nos pavillons modernes, le chat, ce concentré de mignonnerie et de sauvagerie assumée, a toujours su fasciner par… Meow… Oui, qu'est-ce que tu veux, Mitsy ? De l'attention ? Des croquettes ? C'est déjà l'heure de ta mousse ? Attends une minute, la situation requiert un minimum de concentration, je suis en pleine écriture… Depuis la nuit des temps, de l'Égypte ancienne où le félin était élevé au rang de divinité, jusqu'au confort douillet de nos… Qu'est-ce que tu as, à me regarder avec cet air de porter sur tes moustaches toute la misère du monde ? J'arrive dans un instant, je suis en train d'écrire une phrase importante… La première phrase, tu ne peux pas comprendre, toi, tu es un chat, toutes tes phrases sont des premières phrases… Depuis la nuit des temps… Meow… Miiiiiiii… Eh ! C'est quoi ce miaulement ? Tu veux jouer au jeu des imitations ? J'ai trouvé : la porte grinçante du réfrigérateur. Tu me laisses continuer ? Depuis la nuit des temps, de l'Égypte ancienne où le félin était élevé au rang de divinité… Meow… Tu veux que je t'ouvre la porte-fenêtre, c'est ça ? OK, mais je te préviens, si je l'ouvre, je la referme aussitôt. Tu l'auras voulu… Depuis la nuit des temps, de l'Égypte ancienne où le félin était élevé au rang de divinité, jusqu'au confort douillet de nos pavillons modernes, le chat… *Poc poc*[1]… Miaiiii… Miaiii… Oui, il fait froid, et c'est *toi* qui as voulu sortir. D'accord Mitsy, je te laisse entrer, mais tu me laisses écrire ma première phrase, sinon je n'y arriverai pas. C'est un petit éloge, et ça risque d'être un éloge très court, voire pas d'éloge du tout, si tu n'arrêtes pas de m'enquiquiner. Depuis la nuit des temps… Eh, mais pourquoi ce coup de patte ? T'es dingue ou quoi ? lkb,jmfhtir. Non, pas sur mon clavier, je t'ai dit cent fois de ne pas marcher dessus ! Qu'est-ce qui te prend ? Est-ce que tu sais seulement

1. Un « poc poc » est un « toc toc » avec des pattes.

la chance que tu as ? Tu pourrais être à la rue par le temps qu'il fait, oui, comme un chat de gouttière, alors laisse-moi tranquille. Tu préférerais que j'aille travailler à la médiathèque et que je te laisse seule toute la journée ? Oui, tu as raison, je n'arriverais pas à bien travailler, je saurais que tu m'attends derrière la porte, je culpabiliserais, alors je reste ici, à condition que tu me laisses travailler ! Victor Hugo aimait les chats, tu parles ! Je me demande comment il a pu écrire *Les Misérables* avec un matou dans les pattes. Il est peut-être aller écrire à la médiathèque. Et Proust ? Proust devait plutôt avoir un chien, c'est certain, ou une madeleine, les madeleines vous dérangent si peu dans votre travail, ou si elles vous dérangent, on peut très facilement les noyer dans une tasse de thé sans avoir ensuite sur le dos la ligue de protection des madeleines. Oui, je suis horrible, je n'aurais pas dû dire ça, je te demande pardon. Ce n'est pas la peine de me regarder comme ça. Tiens, je cligne des yeux. Ça t'apaise, non ? Ça prouve qu'on est potes ? Tu clignes des yeux en retour ?

Depuis la nuit des temps, de l'Égypte ancienne où le félin était élevé au rang de divinité, jusqu'au confort douillet de nos pavillons modernes, le chat, ce concentré de mignonnerie et de sauvagerie assumée, a toujours su fasciner par… Purée, qu'est-ce qu'elle est nulle cette phrase ! Je n'habite même pas en pavillon. Bon, j'abandonne, viens, on va jouer avec ton tunnel et le plumeau.

Un chat est entré dans ma vie

Un chat est entré dans ma vie. C'est une chatte, et elle s'appelle Mitsy. Un jour, mon amoureuse est arrivée avec une adorable petite chatonne lovée dans ses bras, elle m'a simplement dit : « Elle m'a suivie ». N'ayant, pour ma part, jamais été suivi par un être qui se retrouve instantanément dans mes bras, j'ai d'abord trouvé la situation étrange. Mitsy m'a lancé un regard à la fois inquiet et curieux, puis a bondi sur moi pour aller se percher sur mon épaule. Elle prendra rapidement cette habitude, soit pour se mettre à l'abri d'une situation inconnue ou stressante, soit pour me chiper une partie de mon déjeuner. Mon amoureuse m'a appris que Mitsy avait été trouvée dans un carton en lisière de forêt, abandonnée à son sort. Cette histoire m'a fendu le cœur. Je me suis précipité dans le couloir, j'ai dévalé les escaliers, arpenté les rues et les boutiques jusqu'à lui trouver le panier le plus confortable au monde.

Avant Mitsy, je n'avais jamais vécu avec un chat. Certes, il y en avait des dizaines dans la maison de mon grand-père en Belgique, et j'avais pu observer la relation particulière, en pointillés et profonde, qu'il entretenait avec certains d'entre eux. Mais là où je vivais avec mes parents, dans les Yvelines, les familles avaient plutôt des chiens ; les aboiements et les rencontres soudaines avec un berger allemand en liberté quand je revenais des terrains de tennis ou d'excursions à vélo me terrifiaient. Je pense qu'à l'époque, s'il y avait eu dans mon entourage le géant de fer de Brad Bird, j'aurais bondi sur son épaule comme le fait Mitsy avec moi.

Mitsy, avec sa façon d'habiter au quotidien la familiarité et la noblesse, son besoin d'amour, de reconnaissance, puis aussitôt d'indépendance, a connecté avec mon tempérament de chat. Nous hésitons, elle et moi, entre deux chemins : marquer notre territoire ou affirmer notre mystère. Comme elle, dès que j'ai un peu trop revendiqué qui je suis, je n'ai plus qu'une envie : retourner au mystère. Mitsy a révélé toutes les fois où j'étais passé comme un chat dans la vie des autres, m'a fait comprendre pour quelles raisons j'avais toujours aimé les personnages de Catwoman, d'Hermione Granger, et des peintres comme Balthus, qui se revendiquait le roi des chats, ou Kokochat… ah non, pardon, lui, c'est Kokoschka.

Avec le temps, Mitsy n'est plus dans les parages, elle est devenue mes parages. Et puisqu'elle accompagne l'écriture de mes livres, il était normal qu'elle et ses congénères deviennent le sujet de l'un d'entre eux. Écrire des livres, c'est aussi rendre visible la magie de l'existence, et Mitsy en a mis dans mon quotidien. D'ailleurs, dans la saga *Harry Potter*, la première manifestation d'étrange et de merveilleux dans l'univers bien réel et bien rond des Dursley, mais aussi de la lectrice ou du lecteur, est l'apparition d'un chat. Un chat qui, au détour d'une rue, lit une carte routière.

L'appartenance

Un chat roux traverse l'histoire du film *Breakfast at Tiffany's*. Sa présence revêt une importance cruciale lors de la scène finale. Les deux protagonistes vont se séparer. Entre eux, le chat pose et personnifie le problème de l'appartenance. Celui de la distance si délicate qui existe en amour entre laisser à l'autre sa liberté et être son point d'ancrage.

Le chat est attaché à sa maîtresse, à son maître, mais à tout moment il montre qu'il est une entité libre, que la liberté n'est pas tant son caprice que sa nature, et que son indépendance ne se négocie pas.

Je peux vivre mille et une aventures, nous dit le chat, puisque j'ai neuf vies. Je peux comprendre, semble-t-il ajouter, que la vie d'humain te paraisse bien étriquée, que la démangeaison des trajectoires laissées en plan, les opportunités et les remords, les infidélités à tes principes et à ceux des autres, la tentation d'une autre que l'autre et d'un autre que toi te posent une infinité de problèmes vu que tu n'as qu'une seule vie pour te déployer et te résoudre, une seule vie dont tu es si peu maître, par ailleurs, mû par ton obsession de goûter au bonheur comme je lape ma mousse, goulûment ou avec un léger désintérêt, selon l'heure de la journée ; or observe comme je passe du sommeil à la plus grande vivacité en un seul étirement électrique et soyeux, je ne me soucie déjà plus de l'instant trop fugace pour ma noblesse et me dirige vers l'avenir à pas feutrés, en prédateur, inquiet mais pouvant compter sur mon instinct, mes griffes et mon agilité.

Holly Golightly, le personnage interprété par Audrey Hepburn, ne donne pas de nom à son chat. Preuve évidente de son originalité, et habileté de Truman Capote, l'auteur du roman dont le film est adapté, pour convenir avec le lecteur de l'excentricité de son héroïne. En effet, qui aurait l'idée de ne pas donner de nom à son chat ? Comme on le fait avec les bébés, comme on plante un drapeau sur la Lune : c'est la première étape de la relation, cette identité nommée par l'humain, le premier signe d'attachement, le premier collier, en quelque sorte. Dans le roman, Truman Capote fait dire à Holly : « C'est un peu embêtant qu'il n'ait pas de nom. Mais je n'ai pas le droit de lui en donner un. Il doit attendre, jusqu'à ce qu'il appartienne à quelqu'un. » Car voilà l'explication : en miroir de celle du chat, la jeune femme tient à son indépendance.

Dans le film, elle explique à propos du chat sans nom : « On ne s'appartient pas. On s'est juste rencontrés un jour. » Mise en garde avant tout destinée au héros, le jeune écrivain joué par George Peppard, au cas où celui-ci aurait le bon goût et la malchance de tomber amoureux d'elle.

L'adorable créature (Audrey, pas le chat) dira ensuite que si elle pouvait trouver un lieu qui l'apaise, un lieu où « rien de mal ne peut vous arriver », alors elle reconsidérerait la situation, et serait bien capable d'acheter des meubles et de donner un nom au chat.

Bien entendu, ce lieu n'est pas tant le modèle du coquet appartement de Manhattan avec vue imprenable sur Central Park que la relation amoureuse (tant qu'elle dure). Ainsi, dans les derniers moments du film, quand les protagonistes embarquent dans un taxi en direction de l'aéroport et que la jeune femme s'efforce de se dérober à nouveau à toute notion d'appartenance, George Peppard se révolte : « Je vous aime. Vous m'appartenez. » Audrey Hepburn poursuit sur la même chanson : « Non, personne n'appartient à personne. Personne ne me mettra dans une cage. » Ce à quoi Peppard répond avec une bonne foi qui confine au génie : « Mais je ne veux pas vous mettre dans une cage, je vous aime ! »

Désarçonnée, et pour prouver que, vraiment, personne n'appartient à personne, la jeune femme demande au chauffeur de stopper son taxi, ouvre précipitamment la portière et chasse sans ménagement le chat qui détale sous la pluie battante.

À la fin de cette séquence, tout le monde est révolté : George Peppard, le public, vous, moi.

Audrey joue les dures à cuire mais elle a les larmes aux yeux. Alors George décide de descendre à son tour et de courir à la recherche du chat, avant quoi il est bien décidé à faire une dernière fois la morale à Audrey (ça tombe bien, c'est aussi la morale du film) : « Oui, les gens tombent amoureux ! Oui, les gens appartiennent les uns aux autres, parce que c'est la seule chance qu'ils ont de trouver le bonheur. »

À cet instant, Audrey s'aperçoit qu'elle n'a rien compris au film, je veux dire à la vie, et court sous la pluie rejoindre George lancé à la recherche du chat. Elle comprend enfin que la perte de l'animal, dont la présence dans son appartement et *dans ses pattes* symbolisait son rapport à l'appartenance, un rapport tissé de désir et de déni, trahit soudain chez elle un véritable besoin d'attachement. Puisqu'elle est enfin prête à accepter l'amour – il était temps, il reste trois minutes avant le générique – le chat réapparaît en même temps que la sublime musique d'Henry Mancini, *Moon River*.

Audrey et George s'embrassent au risque d'étouffer le pauvre animal qu'Audrey tient dans ses bras et dont la position de trait d'union entre eux deux traduit la véritable et délicate nature du sentiment amoureux, fait à la fois d'appartenance et d'indépendance.

Dans le livre de Truman Capote, c'est autre chose. La nostalgie l'emporte. L'écrivain ne finit pas avec l'héroïne, le chat est retrouvé bien plus tard, il ne réunit pas les deux héros sous une pluie artificielle en cinémascope. Mais à Hollywood, le public réclame un *happy end*. Je dois ajouter qu'en termes de *happy ending*, mon amoureuse, notre chat et moi ne connaissons pas de meilleur film que *Breakfast at Tiffany's*.

L'inaccessible familier

Il y a chez le chat un sentiment d'extase qui laisse aussi pantois que la beauté pure. Une distance frustrante qui jamais ne vous fait perdre en fascination. Vous recherchez ses caresses et un peu (beaucoup) de sa reconnaissance. Il interrompra les manifestations de sa tendresse toujours trop tôt à votre goût, ne sera jamais aussi reconnaissant que vous le souhaiteriez. Il accepte la proximité pour obtenir de la nourriture et de la sécurité, pour étendre son territoire et son règne. Il habite ce paradoxe de se suffire à lui-même tout en craignant la solitude. Le chat évolue sous vos yeux comme un être dont vous désirez être aimé mais qui demeure inaccessible. En cela, il vous plonge dans une éternelle adolescence. Il crée avec et entre vous une distance habitable qui est la même que face à un amour de lycée, un crush insatisfait, un premier flirt non rassasié de sa ration d'absolu. Le chat vous friendzone poliment. Et encore, cette friendzone doit être prise pour un privilège qu'il vous accorde. Pour les mamours, ce sera quand il veut et quand il y consent, pas autrement !

Toute présence d'un chat rappelle qu'en amour le consentement est roi.

Dans mon enfance, je passais les vacances de Pâques et de la Toussaint à Gibecq, en Belgique, près de la ville d'Ath. Un petit village où mes grands-parents maternels avaient acheté un corps de ferme qu'ils avaient aménagé en lieu de résidence. Mon grand-père, Jacques Collas, avait été l'élève du peintre impressionniste Robert Crommelynck et passait tout son temps à peindre. Le grenier était devenu son atelier, son domaine. Il prenait pour sujet des paysages, la verte campagne wallonne, mais aussi des scènes bibliques et beaucoup de femmes nues (qu'il allait chercher, sans doute, dans les saisons de sa mémoire). Voici une des raisons pour lesquelles, du haut de mes six ans, je ne pouvais monter au grenier sans être accompagné d'une grande personne – on mettait ça sur le compte de la dangerosité du plancher dans les combles. La beauté nue, telle qu'elle se montre, voilà le comble de la dangerosité ! Or, le grenier était aussi le territoire du chat Poupousse. Un chat noir qui fréquentait les femmes nues, à l'instar de celui du célèbre tableau de Manet, l'*Olympia*.

Éric Darragon, qui fut mon professeur à la Sorbonne en histoire de l'art, a consacré un livre à Édouard Manet dans lequel il revient sur ce mélange étonnant de fascination et de répulsion que le public a éprouvé en découvrant le tableau lors de sa présentation au Salon de 1865. Olympia, à la couleur extrêmement pâle, voire cireuse ou jaune, est qualifiée de cadavre en décomposition par nombre de commentateurs de l'époque. Par ailleurs, les visiteurs avaient tous les codes pour comprendre que le personnage représenté est une courtisane ou une prostituée. Sa pose offerte et son regard frontal évoquent également les cartes postales érotiques que les messieurs s'échangeaient sous le manteau dans Paris à la fin du XIXe siècle. « C'est le chat qui transformait tout ce savoir en symbole, écrit Éric Darragon. On venait pour le voir, pour ne pas douter de son existence. »

Le chat, la servante et Olympia entretiennent-ils ce jeu triangulaire dont le regard est le sujet, à l'image du miroir, du chérubin et de la Vénus, dans le tableau de Diego Velázquez, *La Vénus au miroir*, l'une des principales sources d'inspiration de Manet?

Dans un magnifique texte intitulé *Le corps utopique*, Michel Foucault écrit: « C'est grâce au miroir et au cadavre que notre corps n'est pas pure et simple utopie. [...] Or, si l'on songe que l'image du miroir est logée pour nous dans un espace inaccessible, et que nous ne pourrons jamais être là où sera notre cadavre, si l'on songe que le miroir et le cadavre sont eux-mêmes dans un invincible ailleurs, alors on découvre que seules des utopies peuvent refermer sur elles-mêmes et cacher un instant l'utopie profonde et souveraine de notre corps. »

Ainsi, dans le roman de Lewis Carroll, c'est grâce au chat noir nommé Kitty qu'Alice réussit à franchir la plaque de verre, et que son corps se retrouve dans un monde utopique, *de l'autre côté du miroir.*

Comme Kitty pour Alice, le chat, tout en nous demeurant familier, nous ouvre des mondes inaccessibles.

Celui de l'*Olympia* ne révèle donc pas seulement le contraste des couleurs et des chairs, des lumières et des ombres, n'existe pas uniquement en tant que symbole (traduisant par exemple le désir lascif et brut), mais témoigne d'une réalité qui ne peut pas ne pas être vue. Il « dit » ce qui est « vu », et nous fait pénétrer dans le tableau de la même manière qu'Alice traverse le miroir.

La présence de ce chat noir fut si scandaleuse que les détracteurs de l'*Olympia* associèrent le félin au peintre. Pour se moquer de ce dernier, un caricaturiste de l'époque reprit un autre de ses chefs-d'œuvre, *Le Balcon*, en y ajoutant un chat qui se tient à la rambarde par ses pattes avant, la queue trivialement dressée entre ses pattes arrière ; l'allusion grivoise qui renvoie au chat de l'*Olympia* n'a échappé à personne.

Un siècle plus tard, dans une publicité de la marque de lingerie Scandale réalisée par le dessinateur Kiraz pour le magazine *Elle*, l'une de ces Parisiennes longilignes que l'artiste affectionne est allongée sur le dos, coudes repliés, en soutien-gorge et panty en tulle bordé de dentelle. L'une de ses jambes, tendue en direction du plafond, laisse apparaître un joli petit chat agrippé au niveau du mollet à la manière d'un koala sur sa branche. Le dessin est accompagné d'un message publicitaire qui n'élude pas la poésie :

J'ai un petit chat très turbulent
Il saccage mes rideaux et mange mes sandales
Mais je lui pardonne, il est intelligent,
Il ne touche jamais à mon panty Scandale.

Dans l'atelier-grenier de mon grand-père, j'enviais le chat Poupousse, qui fréquentait de jolies filles nues, pas même vêtues d'un panty ni d'un soutien-gorge Scandale ; Poupousse, qui avait tout loisir de les voir évoluer à la lueur d'un rayon de lune et qui, à l'instar de son congénère de l'*Olympia*, témoignait par sa présence de la réalité sensationnelle de leur beauté. Quand on me demandait ce que je souhaitais faire plus tard, j'étais tenté de répondre : comme Poupousse, vivre dans les parages de la beauté.

Au petit matin, quand j'ouvrais au chat la porte du grenier pour qu'il aille prendre son petit déjeuner, il filait vers son assiette sans me témoigner aucune gratitude. Poupousse ne me racontait rien, il gardait pour lui ce qu'il avait vu.

La sorcière et son chat

Il y eut un temps, dans notre bonne vieille Europe, où l'on attentait des procès contre les animaux. Ainsi, dans son ouvrage de 1858 intitulé *Curiosités judiciaires et historiques du Moyen Âge*, Émile Agnel, fouillant les archives à sa disposition, nous apprend qu'en 1497 une truie a été « condamnée à être assommée pour avoir mangé le menton d'un enfant du village de Charonne. La sentence ordonna en outre que les chairs de cette truie seraient coupées et jetées aux chiens ; que le propriétaire et sa femme feraient le pèlerinage de Notre-Dame de Pontoise, où étant le jour de la Pentecôte, ils crieraient : Merci ! ». Gageons que le cri de la truie qu'on assomma à coups de gourdin ne vibra pas d'une telle gratitude. L'auteur détaille que « l'exécution était publique et solennelle.

Parfois l'animal paraissait habillé en homme». Évoquant dans *Vivre avec les animaux au Moyen Âge* un cas similaire à Falaise, en Normandie, en 1386, Chiara Frugoni précise: «On conduisit la truie au supplice, affublée d'un habit d'homme pour souligner qu'elle avait conscience de sa faute. Les paysans furent obligés d'assister à l'exécution, non seulement avec leur famille, mais aussi avec leurs cochons afin que la mise à mort de la truie leur serve d'avertissement et leur fasse enseignement.»

Les chats, et particulièrement les chats noirs aux yeux verts, furent quant à eux la personnification du démon. Henri Lautard écrit à leur propos dans son essai *Zoophilie, ou Sympathie envers les animaux*: «Ces jolies bêtes qui sont si sages le jour, mais qui ont un côté nocturne et mystérieux, étaient accusées de donner leur complicité aux désordres cachés dans la nuit, de pactiser avec tous les rôdeurs de ténèbres, les fantômes, les malfaiteurs, les amants furtifs.»

Qu'il est plaisant de lire, au détour d'un passage, que les chats sont solidaires des amants furtifs. Ainsi rejoignent-ils le territoire du chant des troubadours, des crépuscules et des aubes, des déclarations d'amour interdites et précipitées.

« On croyait les chats, poursuit l'auteur, associés aux recherches des alchimistes et des magiciens, à toutes les sciences occultes, à toutes les pratiques démoniaques. Pour tant de belles raisons, on les livrait parfois au supplice. À Metz, une fois par an, on les brûlait dans des cages, sur un bûcher ; et cette exécution de haute justice n'a été abolie qu'en 1750. » Dans le *Miroir Historial* (1400-1410) conservé à La Haye, le diable apparaît à saint Dominique de Caleruega sous l'apparence d'un chat noir qui se réfugie en haut d'une corde de potence, devant un parterre de femmes stupéfaites. Dans son livre *Sorcières*, Mona Chollet écrit : « Derrière la figure fameuse de la "célibataire à chat" laissée pour compte, censée être un objet de pitié et de dérision, on distingue l'ombre de la redoutable sorcière d'autrefois, flanquée de son "familier" diabolique. » Mona Chollet rappelle qu'en 1233 « une bulle du pape Grégoire IX avait déclaré le chat "serviteur du diable". Puis, en 1484, Innocent VIII ordonna que tous les chats vus en compagnie d'une femme soient considérés comme des familiers ; les sorcières devaient être brûlées avec leurs animaux ». Outre le fait qu'Innocent soit un drôle de prénom pour une personne qui va en envoyer des milliers au bûcher, l'ironie cruelle, soulignée par Mona Chollet, et par

Stéphanie Hochet dans son *Éloge du chat*, est qu'avec l'extermination des félins, les rats vont pulluler et accélérer dans l'Europe de la Renaissance la propagation de la peste. Un fléau dont on fera évidemment porter le chapeau, si je puis dire, aux femmes désignées sorcières. Stéphanie Hochet souligne aussi la proximité des mots *féminité* et *félinité*, et explore cette obstination qu'ont eue les auteurs masculins en particulier à associer les « chaleurs de la chatte » à la « femme en chaleur », par exemple dans la pièce de Tennessee Williams *La Chatte sur un toit brûlant.*

Une autre accusation liée à la nature mystérieuse du chat, et à ce discours masculin oppressif qualifiant la femme de dangereuse ou de diabolique parce qu'insaisissable, concerne le morphisme : la sorcière échapperait aux flammes en se transformant en chat. D'où la nécessité de réserver à ce dernier un sort identique. Le livre de Charles Mackay *Délires populaires extraordinaires & la folie des foules* (1841) recense ainsi l'histoire d'une dénommée Maria Renata Sänger, accusée de sorcellerie et d'avoir converti au diable cinq jeunes femmes du couvent de Würzburg. Pour preuve : « D'autres filles ont affirmé qu'elle avait l'habitude de rôder sur le toit comme un chat, de pénétrer dans leur chambre et de les effrayer par ses terribles hurlements. » À propos d'un autre cas, Charles Mackay fait ce récit : « En 1718, dans le comté éloigné de Caithness, un idiot nommé William Montgomery, charpentier, avait une antipathie mortelle pour les chats. Il parvint à la sage conclusion que les chats qui avaient élu domicile dans son arrière-cour étaient des sorcières. Dans cette opinion, il était soutenu par sa servante qui jura rondement qu'elle avait entendu les chats parler d'une voix humaine. » Le charpentier prit une hache, se rua sur les chats, les blessa sans pouvoir les attraper. « Quelques jours après, deux vieilles femmes de la paroisse moururent, et on a dit que lorsque leurs corps étaient disposés, il apparaissait sur le dos de l'une la marque d'une blessure récente, et une cicatrice semblable sur la hanche de l'autre. Le charpentier et sa femme de chambre étaient convaincus que c'étaient les chats et tout le comté a répété la même histoire. »

Ce fantasme de la transformation de la femme en animal a été repris par l'imaginaire gothique, des films de sorcières aux comics. Notons que deux réalisateurs français, Jacques Tourneur avec *Cat People* (*La Féline* en version française) et René Clair avec *I married a Witch* (*Ma femme est une sorcière*), dirigent en 1942 des films qui mettent en scène des sorcières et des femmes félines – quelques années avant que l'Amérique de McCarthy, obsédée par le communisme, ne mène parmi les artistes d'Hollywood une redoutable « chasse aux sorcières ».

La sorcière et le chat verront tout de même leur salut venir des artistes. Il est intéressant d'observer que Léonard de Vinci dessine dans plusieurs esquisses à l'encre une madone au chat à l'époque où Innocent VIII vouait la créature au bûcher. Dans ces dessins, l'Enfant Jésus tient dans ses bras un chaton de la même manière qu'il est lui-même porté par la Vierge. Peintre et écrivaine florentine, autrice des livres *À l'ombre du chat noir* et *Des chats et des artistes*, Marina Alberghini affirme dans un entretien donné à la journaliste du *Washington Post* Mary Gray : « Tout porte à croire que Léonard de Vinci se voyait lui-même dans l'animal qu'il affectionnait le plus : le chat. Comme Léonard, le chat est admirable, solitaire, persécuté, fier, intelligent, raffiné, créatif et discret. Comme lui, il est incompris. » D'autant que d'après Kenneth Clark, l'un de ses plus éminents biographes, le peintre de *La Joconde* possédait deux qualités propres au chat : « À vingt-cinq ans, Léonard de Vinci avait la rapidité de perception et l'adresse rythmique d'un Watteau ou d'un Degas. » Par ailleurs, le sourire de Mona Lisa n'est-il pas proche de celui du chat du Cheshire dans *Alice au pays des merveilles* ? Un sourire, avec certes moins de dents pour la belle Florentine, qui l'emporte sur le reste. Comme l'écrit Lewis Caroll : un sourire sans chat. *A grin without a cat.*

La première image du générique de *L'Apprentie Sorcière*, film des studios Disney des années soixante-dix, présente son héroïne Églantine Price dessinée dans un style médiéval à califourchon sur un balai et accompagnée d'un chat noir aux yeux verts. Un code déjà utilisé quelques années auparavant par la série américaine *Ma sorcière bien-aimée*, et qui sera repris à la fin des années quatre-vingt par Hayao Miyazaki dans son film *Kiki la petite sorcière*. L'une des preuves que Kiki est une sorcière, c'est qu'elle comprend parfaitement le langage de son chat, Jiji (le rêve de tout amateur de félins). La petite fille se rend compte que ses pouvoirs s'affaiblissent le jour où son chat communique par des « miaou » et non plus par des paroles.

Il n'est donc pas surprenant que, dans la saga *Harry Potter*, Hermione, douée pour la sorcellerie bien que née de parents moldus, soit affublée d'un chat. Alors que son premier désir est de s'offrir une chouette aussi emblématique que celle d'Harry, elle voit surgir dans la boutique animalière un chat décrit comme « une chose énorme de couleur orange ». Immédiatement, elle trouve son « familier », un être qui paraît monstrueux aux yeux du monde, et dont elle seule comprend la véritable beauté. « Ne me dis pas que tu as acheté ce monstre ! s'exclama Ron, bouche bée. – Il est magnifique, tu ne trouves pas ? dit Hermione, rayonnante. » Dès ce moment, Pattenrond (mi-fléreur, mi-chat) va se révéler aussi intelligent que sa maîtresse. C'est lui le premier qui va comprendre la véritable nature du rat Croûtard et communiquer avec Sirius Black.

Le chat est le parfait double d'Hermione : intelligent, instinctif, agile. Il n'est pas noir, comme dans l'imagerie traditionnelle associée à la sorcière, mais roux car il a été créé d'après un souvenir personnel de J. K. Rowling quand elle travaillait à Londres : dans le parc où elle déjeunait, elle voyait souvent apparaître un gros chat de cette couleur, au visage un peu écrasé, « une tête à courir derrière les voitures arrêtées ». Dans les films de la Warner, même si Pattenrond joue un rôle moins important que dans les livres, il a été interprété par plusieurs persans, dont Pumpkin. Sa dresseuse, Donna McCormick, raconte que Pumpkin, qu'elle avait adopté dans un refuge, était si satisfait de sa nouvelle vie de star – le chat avait sa propre loge sur les plateaux de tournage – et si heureux de partager l'affiche avec des stars humaines comme Emma Watson, Daniel Radcliffe et Rupert Grint qu'il était fréquent que ses ronronnements de plaisir perturbent le travail des ingénieurs du son. Par la suite, nous apprend la bloggeuse spécialiste des chats Stephanie Harwin sur son site Catsparella, Pumpkin aurait joui d'une retraite bien méritée sur l'île de Man, en mer d'Irlande, et aurait gardé pour habitude de diva de bouder les conserves de mousse et de gelée pour se nourrir exclusivement de poulet et d'agneau rôtis, et de préférer l'eau pétillante à toute autre boisson après en avoir goûté sur le tournage.

Ainsi, de Broadway à Hollywood, les nombreuses œuvres consacrées aux chats et aux sorcières auront contribué à leur revanche. Les artistes, habitués à brûler les planches, ne pouvaient que se ranger à leurs côtés.

Ma première boum

Quand je me remémore l'année de mes onze ans, il y a deux choses qui me viennent à l'esprit : l'après-midi où mon skateboard est passé sous une voiture (par chance, il m'avait désarçonné une vingtaine de secondes auparavant, je m'en suis tiré avec quelques égratignures aux coudes et aux genoux) et l'instant précis où Caroline Perrin m'a souri (nouvelles égratignures, de bonheur, invisibles à l'œil nu).

Sa grande sœur Victoria, de deux ans son aînée, organisait une boum chez elle, ou plutôt ses parents organisaient un goûter et Victoria avait négocié avec eux qu'ils s'absentent trois bonnes heures l'après-midi pour aller faire le tour des centres commerciaux (Art de vivre à Orgeval, Parly 2 au Chesnay) – activité favorite des parents le samedi après-midi – pour en rapporter, pourquoi pas, une nouvelle lampe et son abat-jour ou un disque de Julien Clerc.

La mère de Caroline et la mienne partageaient une passion commune pour le premier artiste français à avoir chanté à Bercy, en 1985. Julien Clerc s'y est produit pendant douze soirs consécutifs, réunissant près de 220 000 spectateurs, dont ma mère et celle de Caroline, qui s'y sont croisées. Elles ont dû parler des enfants, se sont rendu compte que nous avions le même âge, et la mère de Caroline a dû proposer – dans ce genre d'impulsion soudaine que l'on peut regretter par la suite : « Ma fille aînée organise une boum samedi après-midi, Caroline risque de s'ennuyer, ce serait bien que Julien puisse venir à la maison lui tenir compagnie. – Oui, formidable, a dû répondre ma mère, mais mon fils s'appelle Jérôme. »

Toujours est-il que j'étais invité chez Caroline et que cette information étant trop grande pour moi, il me fallait la partager avec mes copains. Elle suscita chez chacun d'eux une admiration mêlée d'une pointe de jalousie. Caroline ! La fille la plus fascinante du quartier, avec ses cheveux noirs mi-longs, son allure de faon, son tempérament affirmé et boudeur, son regard qui semblait vous juger chaque fois qu'il se posait sur vous, vous laissant en attente d'une sentence, d'un verdict, d'une place quelque part, ici et maintenant.

Mais la satisfaction que j'avais eue d'impressionner mes camarades se mua rapidement en une angoisse parfaite car sans limites. Seul pendant trois heures avec Caroline, une boum par-dessus le marché ! Qu'est-ce qu'on allait bien pouvoir se dire ? Est-ce que nous aurions des centres d'intérêt compatibles ? Je jouais un peu au tennis et étais bien placé pour savoir qu'elle le pratiquait à un bon niveau, puisque si j'y jouais, c'est parce que je l'avais vue passer un matin dans notre rue une raquette à la main. Le soir même, mon père m'avait demandé ce que je voulais faire comme sport cette année-là, j'avais répondu sans hésitation : du tennis. (Des années plus tard, au lycée, j'étais tombé fou amoureux de Virginie. À mon père qui, ayant travaillé en tant qu'officier de navigation aérienne à Roissy et au Bourget, avait la possibilité de me faire voyager aux États-Unis pendant les grandes vacances et me demandait où je voulais aller, j'avais tout naturellement répondu : en Virginie.)

Pourtant, est-ce que lui parler de tennis suffirait ? J'espérais secrètement que Caroline serait, comme la sœur d'un de nos copains qui venait toujours à nos anniversaires, un « moulin à paroles ». Or les rares fois où Caroline s'était tenue à quelques centimètres de moi, deux ou trois séances avant qu'elle ne s'envole vers un niveau plus élevé et que je continue à stagner parmi les plus faibles ou les plus réticents à monter au filet, jamais elle n'avait parlé pour ne rien dire, d'ailleurs c'est à peine si j'avais entendu le son de sa voix. Ce serait donc à moi de prendre la conversation en main. Mais dans ce cas, Caroline n'aurait-elle pas envie, au bout de trois minutes, de retourner s'enfermer dans sa chambre ou, pire, de danser avec un des camarades de sa sœur ? Que dire ? Comment la captiver ? Que savais-je d'elle ? Rien. Je ne pouvais que penser au gouffre béant de ma fascination dès qu'elle apparaissait à la piscine l'été ou à l'arrière d'une voiture qui filait en direction des centres commerciaux et sous laquelle mon skateboard venait de rouler.

Le jour venu, je me pointai chez Caroline avec une frousse au maximum et un CD de Tears for Fears destiné à sa sœur pour son anniversaire, un album que cette dernière devait déjà avoir reçu en quadruple exemplaire. C'est elle qui m'ouvrit. Elle mit une poignée de secondes à m'identifier, se demandant sûrement ce que ce mioche venait faire à sa boum, puis elle tordit ses lèvres avec exagération pour me dire qu'elle était désolée mais que Caroline avait dû emmener en urgence leur chat chez le vétérinaire.

« Ah... » répondis-je.

Comme je stagnais avec entêtement, l'air ahuri, sur le palier et que mon inertie commençait à l'agacer, Victoria me dit : « Allez, entre, maintenant que tu es là, viens au moins boire un Coca ! »

Cette invitation eut l'effet de me rassurer puisque boire un Coca était tout à fait dans mes cordes, je la suivis donc. Dans le vaste séjour, les meubles avaient été poussés contre les murs à l'exception d'un chariot à boissons muni de deux plateaux de verre sur lesquels étaient empilés des gobelets en papier et posées des canettes de Coca par dizaines ; une armada de bouteilles de Malibu Coco occupait le plateau inférieur. Cela se remarquait tellement que j'étais le plus jeune qu'à tout moment le type de la sono était susceptible de faire une annonce au micro pour que mes parents viennent me récupérer, comme si je m'étais perdu dans l'hypermarché Continent de Chambourcy.

Je me dirigeais timidement vers le chariot à boissons et commençais à me servir un Coca dans un gobelet en plastique quand un garçon sapé d'une veste en denim sur un tee-shirt Iron Maiden s'avança vers moi et ajouta à mon verre une bonne rasade de Malibu. « Tiens, avec ça, c'est redoutable, mec ! » Il m'adressa un clin d'œil et ne me lâcha pas du regard jusqu'à ce que j'aie ingurgité le contenu du gobelet. Je bus avec appréhension mais ne trouvai pas le breuvage si redoutable. Sur ce, le garçon derrière les platines envoya *I Won't Let You Down* et une grande fille qui avait la même coupe que Michael Jackson sur la pochette d'*Off the Wall* m'invita à danser le premier slow de ma vie. Durant les trois minutes de la chanson, je ne pensais qu'à une seule chose : « Ne pas lui marcher sur les pieds, surtout ne pas lui marcher sur les pieds ! »

Tourner en rond, ajouté à l'effet du Malibu Coco, commença à me donner mal au cœur et, dès que la fille relâcha son étreinte, je filai m'asseoir sur une chaise pour reprendre mes esprits. Premier slow ! Première fois que je buvais de l'alcool ! Grâce au chat de la maison, je venais de faire un bond spectaculaire dans l'existence.

Par la suite, comme personne d'autre ne vint me proposer de danser et que je n'osais pas me resservir une boisson que l'alcool aurait abonnie, je décidai de m'éclipser ni vu ni connu par une porte-fenêtre ouverte sur la terrasse afin de rejoindre, en empruntant les raccourcis entre les jardins, ma maison où ma mère s'étonna de me voir arriver si tôt mais fut bien contente de me savoir dans ma chambre occupé à lire ou à apprendre une chanson des Beatles à la guitare.

Ce soir-là, avant de m'endormir, je ne pus ôter de mon esprit, en repensant au déroulement de l'après-midi, que la fille qui aimait les chats m'avait posé un lapin.

À la conquête du foyer

Votre chat bien-aimé qui se prélasse sur son coussin favori ne sait pas ce qu'il doit à Louis Wain et à la popularité de ses nombreux dessins. Bien que cet illustrateur ait vécu en Angleterre à cheval entre l'ère victorienne et l'ère edwardienne, c'est pourtant sa passion des chats qui a occupé la majeure partie de son temps et de son œuvre.

Avant lui, vaines furent les tentatives du chat pour trouver une place privilégiée dans les foyers anglais. Le félin y était simplement toléré en tant que chasseur de nuisibles : souris, rats, mulots. Or, Louis Wain se mit à dessiner des chats en les représentant habillés en humains dans les situations de tous les jours : chats célébrant une fête d'anniversaire, chats s'amusant sur la balançoire, chats étudiant à l'école…

Publiés pour la première fois dans le supplément de Noël de l'*Illustrated London News*, ses dessins lui font acquérir une notoriété immédiate, un immense succès auprès des enfants qui réclameront à leurs parents un chaton pour animal de compagnie.

À la même époque, l'écrivain Rudyard Kipling rappelle dans son histoire pour enfants « The cat that walked by himself », publiée dans le recueil *Just So Stories for Children*, que de tous les animaux le chat est le plus sauvage – entendons : sauvage dans ses rapports avec les autres – et pourtant, à la fin du récit, il est le seul qui peut apaiser les pleurs du bébé humain, le seul auprès duquel le bébé va se sentir en sécurité, avec lequel il va jouer et s'amuser sereinement.

Ainsi les artistes, illustrateurs et écrivains font entrer le chat dans les foyers, comme si ces mystérieux et attachants félins étaient les émissaires ou les symboles de leur propre adoption par la société.

Notons qu'une légende raconte que deux siècles auparavant le père de l'attraction universelle, Isaac Newton, lassé de devoir ouvrir la porte à un chat dont les pérégrinations le dérangeaient dès qu'il était plongé dans ses expérimentations, décida de percer une ouverture en carré dans une porte pour permettre à l'animal d'entrer et de sortir à sa guise. Avant qu'une pomme ne lui tombât sur la tête, Newton avait inventé la chatière. On dit même que cela devint une véritable obsession, et que quand la mise au point du premier télescope lui ouvrit les portes de la Royal Society, Newton y perça des chatières.

Qu'il soit entré chez vous grâce à Newton, à Louis Wain, ou tout simplement « parce que c'était lui, parce que c'était vous », votre chat est devenu indispensable à votre foyer. Vous pouvez même passer des soirées entières en sa compagnie en jouant à *Stray*, ce jeu vidéo exclusif de Sony, grand succès de Noël 2022, qui place le joueur de PlayStation dans la peau d'un chat errant qui déambule dans les bas-fonds d'une cyber-cité et peut interagir avec son environnement. Sur son site internet, Sony Entertainment annonce : « *Stray* a été développé par BlueTwelve Studio, une petite équipe du Sud de la France, composée principalement de chats… et de quelques humains. »

Nous pourrions ajouter qu'un foyer sans chat est comme un appartement sans livres : fade, incomplet, sans esprit et sans charme ; on ne s'y sent pas en présence d'une présence qui nous dépasse et nous réconforte à la fois.

Jouer à la baballe

Ce sont les chats qui ont inventé le jeu de baballe. Courir derrière une baballe. En mousse ou en papier. Mais les humains se sont emparés du projet. Ils y ont mis des règles. De la compétition. Ils ont délimité leurs terrains, construit des stades et des gradins. Puis, très vite, ils ont assaisonné ce spectacle de leurs marottes habituelles : les cris, la horde, le nationalisme, la violence. Les chats ont inventé le jeu de baballe sans la violence inhérente au nationalisme. Ils sont effrayés par le moindre pétard. Un coup de klaxon et ils décampent. Ils ne savent pas se pencher par une portière en tenant un drapeau, d'où qu'il vienne, entre leurs papattes. Tout ce qui les intéresse, c'est de marquer un but, que ce soit sous un four ou en pleine lucarne entre deux pieds d'une armoire. (à l'instant où j'écris ces lignes il y a déjà huit balles en papier coincées sous le réfrigérateur). Ils jouent pour l'amour du sport. Ils se désintéressent de toutes ces choses guerrières, des propos belliqueux, de la haine et du sentiment de puissance ou de revanche que les humains mettent dans la compétition. Les chats jouent sous n'importe quelle bannière. Ils ne font pas grand cas de la défaite, et la victoire les laisse perplexes. S'ils n'ont pas envie de jouer, ce n'est pas la peine de leur indiquer où est le stade. Mais personne ne peut dribbler un chat qui veut mettre un missile sous le frigo.

Smelly Cat

Il n'est peut-être pas anodin que l'épisode de la série *Friends* où Rachel achète, plus qu'elle n'adopte (bon, c'est Rachel), un chat ait pour titre en français : « Celui qui jouait à la balle ».

Dans cet épisode, Ross et Joey décident de battre leur record de passes ininterrompues, avant d'être rejoints par Monica puis Chandler.

Ce sont les humains qui jouent à la baballe, pendant que le chat est trimballé par Rachel, entre l'adrénaline de l'achat impulsif et la dépression du désamour. Il faut dire que le chat, un sphynx pure race dont l'absence de fourrure a quelque chose d'étrange et de splendide, va d'emblée être le récipiendaire des quolibets des six amis : il rend Monica allergique, se fait traiter de « serviteur de l'antéchrist » par Chandler, avant d'être finalement comparé à un poulet décongelé par Rachel elle-même. Celle-ci finira par le refourguer à Gunther, qui accepte de le lui acheter au prix fort parce qu'il est fou amoureux d'elle et qu'il espère qu'elle viendra rendre visite au félin de temps en temps.

Dans ce monde bien clos et qui se suffit à lui-même des deux appartements au café d'en bas, le Central Perk, les chats n'ont pas de valeur ajoutée. La série *Friends* exalte le modèle de la célibataire sans chat ! Quand ils se manifestent, c'est soit en tant qu'achat superflu, soit pour être tournés en dérision comme dans l'épisode de la saison 2 « Celui qui oublie un bébé dans le bus », où apparaît pour la première fois l'emblématique chanson de Phoebe, *Smelly Cat* (« Chat qui pue »).

À l'origine, les auteurs de la série, Adam Chase et Betsy Borns, voulaient faire chanter à Phoebe une chanson à propos d'un chien qui pue, d'après un souvenir de jeunesse de Betsy Borns, dont la famille possédait un chien particulièrement malodorant baptisé Gouda. Finalement, auteurs et producteurs se dirent que le chat qui pue toucherait une plus large audience.

La composition est l'œuvre conjointe de Lisa Kudrow, l'actrice qui interprète Phoebe, et de l'emblématique chanteuse Chrissie Hynde, du groupe The Pretenders, qui apparaît dans cet épisode. Très rapidement, la chanson connaît un succès phénoménal auprès du public de *Friends*, et *Smelly Cat* fait naturellement partie du premier merchandising officiel de la série, les paroles de la chanson (« *Smelly cat, smelly cat, what are they feeding you?* ») se retrouvant sur les tee-shirts, les sweats et les mugs.

En 1997, alors que la chaîne Canal Jimmy diffusait sur le câble la deuxième saison de *Friends* en version originale sous-titrée, j'avais traversé tout Paris pour acheter à Marine un tee-shirt Smelly Cat flanqué d'un chat déjanté au poil hirsute. On regardait la série ensemble toutes les semaines, c'était notre rituel, nous avions le même âge que les protagonistes. Il n'y avait qu'une boutique qui proposait du merchandising de *Friends* à Paris, la série n'ayant pas encore atteint la popularité qu'elle aurait après son passage sur France 2. Je ne sais pas pourquoi j'ai gardé cette journée en mémoire ; elle me revient chaque fois que je me dis que je ne perds pas mon temps à traverser une ville pour aller chercher un cadeau pour une personne que j'aime ou que j'ai aimée. C'est aussi doux que de passer la journée à écrire.

Depuis, *Smelly Cat* a été reprise au cours de divers événements, notamment en duo par Lisa Kudrow et Taylor Swift en 2015 lors du dernier concert de la tournée mondiale de la chanteuse américaine pour son album *1989*, et en 2021 lors de l'événement que fut l'émission *Friends : Les Retrouvailles*, où Lisa Kudrow a chanté l'histoire du chat qui pue avec une autre star mondiale, Lady Gaga.

Cette histoire vaut bien une morale, sans doute : on a beau vouloir railler les chats ou se moquer d'eux en décrétant qu'ils puent, ils finissent toujours par être en odeur de sainteté.

Ce que nous avons à apprendre des chats

1/ Déjà, que c'est vraiment cool de faire sa toilette. Que c'est une activité de chaque instant et qui mérite qu'on y consacre du temps. Une activité pas du tout contraignante. En revanche, par pitié, le moins d'eau possible!

2/ Que l'attente est souvent nécessaire, la patience presque toujours récompensée. Le félin peut attendre de longues minutes pour obtenir de vous ce qu'il désire; et puis, la seconde d'après, se désintéresser totalement de ce pour quoi il a attendu. Il vit dans un présent qui porte en lui des passés superflus et des futurs aquabonistes. Si Schopenhauer a écrit « la vie oscille comme un pendule entre le désespoir et l'ennui », votre Chatpenhauer pourrait très bien le surpasser avec cet aphorisme implacable : « La vie oscille comme un pendule entre l'attente et le miaou. »

3/ Que le chat trouble la hiérarchie entre le maître et l'esclave : vous vous croyiez son maître, que nenni, vous n'êtes que son esclave ! Si vous aviez reçu un pourboire de deux euros chaque fois que vous avez ouvert une porte à un chat, vous seriez millionnaire. Vous aurez beau avoir construit une maison, un château, un empire, attention, si vous invitez un chat (oui, comme on invite un vampire à passer le seuil de son logis), après quelques repérages prudents, il régnera en maître. Si vous tentez de résister, il vous toisera, l'air de dire : « Il faut bien un maître à ta demeure, regarde-toi, tu n'es jamais tout à fait sûr de toi, tu es trop fragile, angoissé et peu fiable, le moindre commentaire négatif sur ta petite personne te fout la journée en l'air, ta connexion Wi-Fi est en panne et la Terre s'arrête de tourner… Honnêtement, il vaut mieux que ce soit moi qui gouverne ! »

4/ Une leçon de modestie ou de détachement. Votre dernier tutoriel de relooking, de préparation de caïpirinha ou de reprise d'Orelsan au ukulélé a obtenu près de 30 000 vues en une journée et vous vous la pétez grave ? Dites-vous que votre chat a été vénéré par une civilisation antique et qu'il reste pourtant totalement étranger à toute tentation de petite gloriole passagère.

5/ Qu'il y a des confrontations qui s'esquivent. L'autre soir, j'étais dans un café et des personnes que je ne connaissais pas – des amis d'amis – voulaient m'entraîner dans une conversation où, bien entendu, j'avais un avis qui différait sensiblement du leur. Commençant à argumenter, je m'arrêtai soudain en chemin pour abonder dans leur sens, leur donner raison, capitulant simplement parce que je ne suis pas un de ces êtres qui se déploient dans l'affrontement.

C'est alors que j'ai pensé à mon chat. Mon chat aussi fuit l'affrontement, un peu par frousse j'imagine – comme lui, je suis d'un tempérament craintif –, mais aussi sans doute parce qu'il pense qu'il ne pourra pas infléchir son contradicteur ou son opposant même avec les meilleurs arguments ou intentions du monde. C'est ce que je pense aussi. Je perdrais du temps à essayer de convaincre des gens dont les premières réactions témoignent, à mon sens, de très peu de détachement ou d'humour sur le sujet. Ajoutons à cela que l'art de la rhétorique et de la polémique, voire de la dispute, m'est totalement étranger. La plupart du temps, je le laisse à celles et ceux qui aiment monopoliser la parole et me donnent envie de bâiller ou de plonger dans des mondes intérieurs, de me pelotonner par exemple dans la pensée d'une personne rencontrée un peu avant et dont le souvenir, fragile, doucement m'obsède. Je m'y réfugie comme mon chat se planque à la moindre menace dans un endroit qu'il estime sécurisé.

Ainsi, bien que le renard et le chat soient mes animaux préférés (avec la coccinelle et l'écureuil), je ne rejoins pas ce qu'en dit Jean de La Fontaine dans sa fable « Le chat et le renard » : « La dispute est d'un grand secours, sans elle on dormirait toujours. » Je lui préfère cette formidable pensée du Prince de Ligne qui refusait les duels, arguant qu'il subissait déjà tant, de son vivant, la bêtise de ses contemporains qu'il refusait d'en mourir !

6/ Qu'il ne faut jamais faire les choses à moitié. Ce n'est ni mon chat ni moi qui l'affirmons mais le très beau poème de Jacques Prévert « Le chat et l'oiseau ». Dans ce poème, un chat a croqué un oiseau, l'a dévoré à moitié, et il est invité par le village à ses « merveilleuses funérailles ». C'est là qu'il voit une petite fille qui porte le minuscule cercueil de paille et qui est tellement triste que le chat en a le cœur retourné. Alors le chat dit à la petite fille que s'il avait su que cela lui causerait tant de peine, il aurait mangé l'oiseau en entier et aurait raconté à la petite fille qu'il l'avait vu s'envoler.

Ce fabuleux poème me fait aussi penser au travail de Diego Giacometti, en particulier à une sculpture en bronze dont j'ai parlé dans mon roman *37, étoiles filantes* et dont le dessin avait été réalisé par son frère, Alberto. Ce *Chat maître d'hôtel* tient entre ses pattes une soucoupe dans le but de distribuer des graines aux oiseaux de la volière de la fondation Maeght, à Saint-Paul de Vence, où il est exposé. En créant cette sculpture, Diego, qui vivait avec son frère à Montparnasse et avait tout loisir d'observer dans la cour de leur atelier des chats de gouttière faire la chasse aux moineaux, avait pour projet de réconcilier tous les oiseaux et tous les chats de Paris.

7/ Que chaque petite avancée est une grande découverte. Mon chat et moi ne comprenons pas l'expression « rat de bibliothèque ». On devrait dire

« chat de bibliothèque ». À la fois casanier et l'esprit sans cesse en éveil, toujours partant pour découvrir un pays de la taille d'un rayon de bibliothèque, le chat est le Magellan des petits espaces, le Vasco de Gama des recoins. La leçon de curiosité du chat est de nous dire : même dans notre quotidien répétitif, il y a tant de choses à découvrir.

8/ Détermination et instinct. Le chat fait preuve d'une détermination à toute épreuve, pour fondre sur l'infortuné moineau, obtenir de vous ce qu'il souhaite, ou devenir le locataire d'un carton en apparence trop petit en s'y lovant avec la souplesse d'un contorsionniste. Il ne renoncera jamais, ou alors y consentira une fois que son désir premier sera fané comme une jonquille de début mai, évanoui comme la dernière paillette de plastique sur le socle d'une boule à neige. Dans ses déambulations, le chat allie l'instinct à la détermination : il vous attend derrière la porte ou s'avance sur le chemin, préméditant l'heure parfaite où vous allez rentrer à la maison, il calcule en un rien de temps le trajet pour se saisir d'un objet qu'il convoite ou attraper un reste de croissant. Il n'a qu'un tour dans son sac, mais c'est le bon, comme le souligne la fable de La Fontaine citée précédemment :

le renard se vante de mille ruses mais, une fois le danger venu, aucune n'est réellement déterminante, tandis que le chat qui n'en a qu'une dans sa besace (grimper sur une branche) parvient à échapper aux chasseurs. La morale est la suivante :

Le trop d'expédients peut gâter une affaire ;
On perd du temps au choix, on tente, on veut tout faire.
N'en ayons qu'un, mais qu'il soit bon.

9/ Que nous devons accepter de vivre par cycles et épisodes. Mitsy, ma chatte, a une capacité d'adaptation assez phénoménale, d'un endroit à un autre, au gré de nos déambulations, nous faisant signifier sans paroles que le lieu où elle se sent bien est celui où nous nous trouvons tous les deux. Abandonner une pièce pour une autre, un appartement pour un autre, n'est pas si compliqué que ça, tant que nous restons ensemble. Mitsy aime varier les lieux où elle se perche ou s'endort, par épisodes et saisons. Tout un été sur le plateau haut d'un arbre à chat, l'automne dans un panier sur la mezzanine, un mois plus tard un autre endroit qui sera son lieu de villégiature ou de réconfort pendant quelques semaines.

Son comportement me fait penser à la relation que j'entretiens avec les cafés du sixième arrondissement de Paris depuis mes dix-neuf ans. Pendant toute une période, je suis allé au Rouquet, boulevard Saint-Germain, puis au Chai de l'Abbaye un certain temps, au café du Vieux Colombier ensuite, au Café de la Mairie ou Au Petit Suisse pendant des semaines ou des mois. Les cafés d'un triangle des Bermudes formé par les boulevards Saint-Germain, Saint-Michel et Raspail, où mes amours et mes attachements ont connu la dissolution, la noyade, ont parfois sombré, irrécupérables, dans les larmes et les eaux profondes des quotidiens enfuis. Les cafés ont été mes refuges, mes perchoirs, mes abris sous la pluie. Des points de rendez-vous, de chute(s), de ruptures et de retrouvailles. Des trônes libérés de toute dictature, des places fortes ou vacantes dans le vent. Je suis comme Mitsy, allant d'un endroit à l'autre, mais dans le même secteur.

10/ La douceur indocile. Comme le rappelle l'auteur et vétérinaire Claude Béata dans son essai *La Folie des chats*, il ne sert à rien de punir un chat. Le chat ne peut comprendre le système de punition. Au contraire, chaque punition sera vécue comme une agression délibérée et gratuite à son égard. La manière douce est la seule façon de l'amener à une certaine compréhension des règles du foyer. Règles qu'il aimera, de lui-même, contribuer à fixer. Ainsi, le chat devient un disciple de Michel Foucault, qui interroge dans *Surveiller et punir* l'efficacité et la pérennité du système punitif, dénonçant l'acceptation du public qui rendrait l'individu de plus en plus docile et, même en liberté, captif d'un système ou d'une pensée coercitifs.

Les chats du 10

La devise de Deng Xiaoping, numéro un de la république populaire de Chine de 1978 à 1989, « peu importe que le chat soit gris ou noir du moment qu'il attrape des souris », pourrait être celle du 10 Downing Street, résidence des Premiers ministres britanniques et du « souricier en chef du cabinet ».

Ce chat a pour mission de se débarrasser de tous les rats, souris et autres surmulots susceptibles de créer un incident diplomatique en débarquant à l'improviste en pleine réception de chefs d'État étrangers ou de visites princières et royales.

Depuis 2005, le budget consacre une somme de cent livres par an au souricier en chef. Le chat est rapidement devenu le véritable maître du 10 Downing Street, puisque la plupart du temps les politiques sont nommés sur siège éjectable ; ainsi, le chat Wilberforce a vu passer entre 1973 et 1987 quatre premiers ministres : Edward Heath, Harold Wilson, James Callaghan et Margaret Thatcher.

On raconte qu'en visite à Moscou la Dame de fer a demandé qu'on retarde son vol de retour pour aller acheter à Wilberforce une boîte de sardines dans un supermarché russe.

L'actuel titulaire du haut grade de souricier en chef du 10 Downing Street est le dénommé Larry.

Larry est un chat blanc et tabby, c'est-à-dire au pelage blanc et tigré. Il a été récupéré au refuge de Battersea dont l'écrivain Charles Dickens était un fervent soutien, et engagé par le Premier ministre David Cameron pour ses qualités de fin limier et son instinct de chasseur. D'après l'un des porte-paroles du Premier ministre, il a vite pris l'habitude de « beaucoup s'amuser avec des jouets en forme de souris ». Exploit notable en 2022, sous Liz Truss et devant les caméras de Sky News, Larry a réussi à mettre en fuite un renard famélique qui s'était approché un peu trop près de la résidence de la Première ministre. Depuis trois décennies, le nombre de renards errants visibles dans la capitale britannique décuple ; l'étalement de la ville, les poubelles et les restes de nourriture, les parcs et les friches leur procurent un environnement de choix. Après tout, comme le dit si bien Hayao Miyazaki : « Ce monde n'est pas seulement fait pour les humains. »

Quoi qu'il en soit, Larry, souricier en chef, a pris sa mission à cœur et décidé de ne pas permettre aux renards ce qu'il défend aux souris et aux rats, à savoir pointer le bout de leurs museaux au 10 Downing Street. Peut-être Larry a-t-il perçu le goupil comme un concurrent direct ? Le photographe animalier Matt Maran, grand défenseur des renards, a déclaré à l'*Evening Standard* que si on les chassait de Londres, la population de rongeurs décuplerait gravement.

Le tabloïd britannique *The Sun* a recensé d'autres des exploits remarquables de Larry, parmi lesquels affronter Palmerston, le souricier du cabinet des Affaires étrangères, renforcer les liens avec les États-Unis en se lovant dans les bras de Barack Obama, ou encore être mentionné dans le discours d'adieu de David Cameron.

À quand une comédie romantique à l'anglaise où Larry tomberait fou amoureux de la star internationale Choupette, rendue célèbre par le couturier Karl Lagerfeld ? Une sorte de *Cat foudre à Notting Hill.*

Un autre chat aurait pu prétendre au titre de « souricier en chef » : le chat Towser, qui compte près de trois cent mille souris attrapées sur une période de vingt-quatre ans. Soit, d'après le fameux *Guinness World Records* qui lui a décerné un certificat, mille deux cents victimes par an. Trois souris par jour. Il faut dire que Towser officiait en Écosse, dans une distillerie de whisky où les quantités d'orge stockées attirent en nombre les rongeurs. Depuis son décès en 1987, la ville de Crieff honore son héros par une statue de bronze érigée en sa mémoire et chaque bouteille de Fairlie's light Highland Liquor porte, sur son étiquette, l'empreinte de ses pattes.

Le Roi des chats

Dans ses entretiens avec Costanzo Costantini, le peintre Balthus confie que l'animal auquel il s'est le plus identifié dans sa vie est le chat. Ses premiers travaux connus du public sont quarante dessins exécutés entre ses huit et dix ans, publiés un peu plus tard sous l'impulsion du poète Rainer Maria Rilke, qui fréquentait la mère de Balthus quand ce dernier était adolescent. Ces dessins ont tous pour sujet le chat Mitsou, que Balthus avait trouvé, âgé de quelques semaines seulement, au château de Nyon. Mitsou l'avait suivi dans les déménagements successifs de ses parents, et sa mort soudaine a inspiré au peintre ses premiers dessins. « Les caractères japonais de Mitsou signifient la lumière, dit-il à Costantini, et en perdant ce chat il m'a semblé avoir vraiment perdu la lumière. »

Comprenons-nous bien, je ne voudrais pas faire croire que la souffrance inspire. Si vous êtes artiste, disons qu'elle trouve dans votre travail une table d'opération. L'œuvre permet d'éterniser un moment, de le garder plus vivant, du moins plus fiable qu'un souvenir. Dans ses *Mémoires*, recueillis par Alain Vircondelet, Balthus explique : « J'avais dessiné les différentes étapes de ma vie avec ce chat : dans le train, avec ma mère, dans notre maison, dans l'escalier, dans la cuisine, dans le jardin, je m'étais dessiné lui tendant une pelote qu'il essayait d'attraper, il y avait Mitsou chassé de la table parce qu'il avait volé un bout de pain, Mitsou au lit avec moi, bien pelotonné sous les édredons, ou bien admirant comme toute la famille l'arbre de Noël illuminé. Puis les dessins s'étaient épurés pour laisser place au chagrin, je me montrais cherchant Mitsou dans la cave comme dans les rues désertes, et la dernière image me représentait pleurant de grosses larmes toutes noires. [...] Peindre l'histoire de Mitsou, c'était donc une manière d'éterniser cette amitié, une façon de conserver un moment. N'était-ce pas déjà une forme succincte de l'art ? »

Plus tard, dans le Paris des années trente, Balthus deviendra le « roi des chats » en intitulant son premier autoportrait *The King of Cats*, en référence à la pièce de Shakespeare *Roméo et Juliette*, dans laquelle le personnage de Tybalt est surnommé le prince des chats. Tybalt a tout d'un chat : il est agile, se préoccupe de son territoire, a l'instinct d'un prédateur. Il est possible que Shakespeare se soit inspiré pour ce personnage de Tibert, le chat du *Roman de Renart*, chez qui on retrouve également ces particularités.

Le chat est le contrepoint parfait des jeunes beautés que peint Balthus : souplesse, mouvement et immobilité, retentissement du désir, lien entre le visible et l'invisible. Dans la toile *Le Lever*, une jeune fille nue dans son lit joue avec une figurine représentant un oiseau tandis qu'un chat sort de sa boîte de transport posée sur le lit ; réalité naïve et symbolique sexuelle n'en finissent pas de se quereller, s'amadouer, se confondre, s'anesthésier au profit de la beauté totale. À l'instar de Velázquez qui se peint dans *Les Ménines*, Balthus n'essaie-t-il pas de se représenter, de s'intégrer sans cesse au tableau dans la présence du chat ? Celui-ci apparaît en tout cas dans nombre de ses toiles : *La Patience*, *Les Trois Sœurs*, *La Semaine des quatre jeudis*, *Les Poissons rouges*, *Nu au chat*, *La Berge près du Pont-Neuf* et bien sûr son célèbre autoportrait *Le Roi des chats*.

Costantini dit qu'Yves Bonnefoy pensait que Balthus s'identifiait au chat pour son caractère, au sens où il « voulait être libre et dégagé de tout asservissement », ce que confirme Jean Clair dans le catalogue qu'il lui consacre : « Les lèvres serrées, le peintre est muré dans sa solitude et son seul compagnon est un chat, animal énigmatique, inquiétant, libre de ses allées et venues comme de ses attachements. [...] Nous sommes en présence d'un aristocrate byronien, d'un souverain même, qui règne sur un royaume secret dont seul il détient les clés, et sur lequel, pas plus que sur sa peinture, il n'a à s'expliquer. »

Johnny et la Gare de Lyon

Johnny est sorti de sa caisse de transport, Gare de Lyon. Terrorisé par le bruit des trains et le flot ininterrompu des voyageurs, le chat tigré a filé dans des dédales de rails, de recoins, de couloirs et de sorties. Où a-t-il pu bien passer ? Élisabeth l'a cherché partout, l'a appelé pendant des heures. Tous les projets, les rendez-vous pour lesquels elle venait passer quelques jours à Paris se sont envolés comme une nuée d'étourneaux. Pendant des soirées, des semaines et des mois, elle a arpenté le secteur de la Gare de Lyon, à la découverte d'un monde sauvage, en friche, ordinaire et pourtant rempli de nouveautés, peuplé d'invisibles, en quête du chat qui embellissait son quotidien depuis huit ans. Une expérience de l'attente, de l'espoir, de l'amour. Une traversée du miroir pour se rencontrer soi dans une quête de chaque instant obéissant à un ordre intime qui dit : ne renonce pas, Johnny apparaîtra peut-être sous tes yeux la seconde d'après.

Alertant dès la première heure les réseaux sociaux, Élisabeth a été rejointe dans ses déambulations minutieuses par des amis, puis des anonymes, des riverains touchés par ses appels à l'aide. Ensemble, ils ont fait le guet la nuit pendant parfois cinq heures et demie d'affilée dans des locaux à poubelle, sur des voies désaffectées, ils ont retrouvé des dizaines de chats perdus qui n'étaient pas Johnny mais qui, comme ils étaient pucés, ont pu être récupérés par leurs propriétaires, étonnés et comblés.

Les chats perdus n'attirent pas que des gens perdus. Des personnes de tous horizons sont venues se joindre à la quête. Parmi elles, il y a eu un homme qui vivait dans la rue et qui, observant le manège nocturne de quelques-uns, s'est donné pour mission de retrouver Johnny. Il crochetait des baraques à outils sur les voies, s'introduisait dans des canalisations, des soupiraux, n'ayant peur de rien et rassurant Élisabeth et ses comparses par sa présence de colosse bienveillant et sa connaissance du territoire. Un soir, il leur dit : « Vous savez, il faut que je vous avoue un truc : j'ai fait de la prison » – ce que tout le monde avait un peu deviné vu sa facilité à venir à bout de la moindre serrure. Il répétait sans cesse à Élisabeth : « Surtout je ne veux pas d'argent, tout ce que je veux c'est retrouver le chat ! »

Je demande à Élisabeth : « Qu'est-ce qui se jouait pour toi dans cette obstination à retrouver Johnny ? » Elle me répond que c'est sans doute difficile à comprendre pour les gens qui n'ont pas de chat, mais que c'est comme si elle avait perdu son âme. Et puis, c'était son premier chat, qui l'avait accompagnée (vraiment, souligne-t-elle) dans des tas de moments dont certains très compliqués.

Un an après la disparition de Johnny, elle écrit sur Facebook : « Le 7 juillet dernier, nous perdions notre chat adoré Johnny, sa cage s'étant ouverte on ne sait toujours pas comment. Se sont ensuivis des mois passés, des kilomètres parcourus, des centaines d'affiches scotchées, des centaines de signalement que nous avons tous vérifiés, des dizaines et des dizaines de personnes formidables mobilisées… Après avoir planqué à l'automne en pensant avoir enfin repéré sa cachette, pour nous rendre compte grâce à des photos au téléobjectif et une caméra thermique que c'était son sosie mais que les petits dessins sur sa tête n'étaient pas les mêmes, nous ne l'avons toujours pas retrouvé… J'espère qu'il est dans un bon foyer, que quelqu'un, quelque part, prend bien soin de lui… et que peut-être, un jour, nous le retrouverons enfin puisqu'il est identifié. Merci encore à tous ces amis et inconnus qui nous ont aidés et qui m'ont redonné foi en l'humanité. »

Je connais une personne qui attend comme Élisabeth son chat perdu, sans perdre espoir, persuadée qu'il débarquera un jour. Le chat en question pouvait attendre des heures derrière la porte que cette personne rentre à la maison après une journée de travail. Alors elle se dit que maintenant, c'est à son tour.

Le chat-bus

En classe de seconde, je prenais le bus tous les matins pour aller au lycée. Le rond-point où je montais était le dernier arrêt desservi par le bus scolaire, et les places étaient rares. J'étais toujours très confus de devoir m'asseoir à côté d'une personne qui ne m'avait pas choisi – et ce sentiment m'habite encore aujourd'hui. Pendant quelques mois, une bande de types d'un autre établissement accaparait les places du fond. Pour je ne sais quelle raison, sans doute mon côté rêveur et discret, la bande avait décidé de me faire la misère, me faisant tomber des cartables sur la tête ou me donnant un coup de poing sur l'épaule au moment où ils se frayaient un passage vers la sortie; mon lycée, Notre-Dame de Verneuil, était le terminus.

Un matin, le bus était tellement bondé que sur l'insistance du chauffeur, qui ne permettait pas qu'on voyageât debout, je dus aller m'asseoir parmi la meute et endurai un quart d'heure bien pénible, subissant les sarcasmes et les coups (légers). Je me souviens aussi qu'un des types avait frotté son entrejambe contre ma cuisse en me balançant des insultes. Sans en être traumatisé, j'avais surtout été abasourdi d'être au contact de la violence cradingue et de la concupiscence lamentable dont pouvaient faire preuve des garçons de mon âge. Dès lors, je me suis toujours détourné des meutes, des bandes de garçons, de tous ces instincts grégaires sans noblesse aucune, et quand j'ai découvert la phrase de Pierre Desproges « à plus de deux, on est une bande de cons », j'ai ressenti une grande communauté d'esprit avec lui.

À cette époque, aller au lycée était une source d'angoisse. J'aurais adoré, certains matins dans le froid, sous la pluie et le jour pas encore levé, que le bus scolaire ne passe jamais, et soit remplacé par le chat-bus de *Mon voisin Totoro*.

Dans le film, Satsuki et sa petite sœur Mae déménagent avec leur père pour se rapprocher de leur maman, gravement malade, qui est hospitalisée en ville. Le père fait beaucoup d'allers-retours entre son travail, l'hôpital, et la nouvelle maison qu'il faut dépoussiérer – un essaim de noiraudes s'envole vers le ciel comme des watoo-watoo. Il faut s'installer dans cette maison et l'habiter, tout comme les enfants doivent apprivoiser l'inquiétude qui s'installe en eux pendant que leur mère est absente.

La forêt toute proche devient le lieu de transition, la cabane qui abrite des êtres consolateurs, le refuge entre les lieux chargés d'angoisse ou d'espérance que sont l'hôpital et la maison.

Un soir, les deux petites filles se font du souci parce que leur père n'est pas rentré à l'heure habituelle, et elles décident d'aller l'attendre à l'arrêt de bus. Elles sont sur le point de s'endormir debout quand apparaît Totoro, personnage imaginaire et réconfortant, tout droit sorti d'un livre pour enfants, qui lui aussi vient attendre le bus. Mais pas n'importe quel bus. Le chat-bus.

Dans son film, Hayao Miyazaki revisite de façon personnelle *Alice au pays des Merveilles*, et le chat-bus aux grandes dents, à l'immense sourire espiègle, aux yeux qui sont des phares étincelants et au pelage roux, est parent du chat du Cheshire dessiné par Sir John Tenniel en 1871. Le chat-bus où embarque Totoro, et où monteront plus tard les deux fillettes, est agile, bondissant, il avale les routes et gambade sur les câbles électriques.

Que nous dit *Mon voisin Totoro* ? Le sujet du film pourrait être : comment préserver l'insouciance ? Mais aussi : l'invisible est souvent une bonne surprise. Ou encore : l'enfance heureuse est le véritable paradis perdu. Seuls les rêves permettent de tenir debout, et la nature est l'alliée de ces rêves. La nature et les rêves sont nos bases secrètes, les rêves sèment des graines dans nos vies.

L'histoire frôle le drame à plusieurs reprises, mais comme – de son propre aveu – Hayao Miyazaki fait des films avant tout destinés aux enfants, le drame ne survient jamais, il est laissé quelque part, dans le cœur d'une lecture adulte. La puissance du rêve est qu'il déborde sur la réalité, et dans un film pour enfants il glisse en douceur vers le *happy end*. Le cinéma, à l'image du chat-bus, vous ouvre ses portes, vous fait voyager, et doit être aussi confortable que l'intérieur du véhicule en pelage de chat imaginé par Miyazaki.

Pour Satsuki et Mae, le chat-bus affiche toujours la destination désirée. S'il s'était miraculeusement pointé à l'arrêt auquel je partais pour le lycée, je ne sais pas du tout quelle destination j'aurais demandée, peut-être simplement qu'il me ramène à la maison, ou alors qu'il me conduise dans une partie de ma vie que je ne connaissais pas encore, mais dans laquelle je me serais mieux appartenu, et où mes parents auraient toujours été de ce monde.

Comme Satsuki et Mae, j'ai dû inventer une histoire pour affronter la réalité insupportable, celle de cette bande de crétins dans le bus scolaire, et convaincre mon père de me conduire en voiture au lycée – ce qu'il fit de bonne grâce : il était à la retraite et l'aller-retour durait environ vingt minutes.

Aujourd'hui, je continue à créer des histoires pour affronter la réalité quand elle me parait impraticable, ou en trop grand décalage avec ma sensibilité. Mais depuis que j'ai des lectrices et des lecteurs, ce n'est plus une tentative de lutte, de résistance ou de fuite en avant, à des fins personnelles, j'essaie de les embarquer avec moi, et l'écriture comme la lecture deviennent, le temps d'un texte, aussi volontaires et réconfortantes qu'un voyage en chat-bus.

Le chat en bois du Savoy Hotel

Une superstition tenace nous vient de la Bible où le Christ, entouré de ses douze apôtres lors de son dernier repas, fut trahi par l'un des siens. On pense ainsi que les dîners composés de treize convives portent assurément malheur, soit au plus jeune des participants, soit à chacune des personnes présentes.

Une autre origine à l'impact similaire prend source dans un épisode de la mythologie nordique où le maléfique Loki s'invita à un banquet de douze dieux qui se tenait dans le Valhalla et provoqua la mort de Baldr.

En 1898, au Savoy Hotel, à Londres, un richissime diamantaire sud-africain, Woolf Joel, organise un banquet de quatorze personnes dans un des salons privés de l'hôtel. Au dernier moment, l'un des invités se fait porter pâle. Les participants se retrouvent au nombre de treize. L'un d'eux rappelle que selon plusieurs traditions, en cas de treize à table, la première personne à quitter le dîner sera retrouvée morte dans les jours qui suivent. Le diamantaire fait fi de la menace et décide qu'une superstition vieille comme le monde ne va pas venir entamer son appétit ni gâcher la soirée. Les treize convives prennent donc place autour de la table et oublient rapidement le supposé danger devant la délicatesse et l'abondance des mets servis. Seulement voilà, appelé en urgence par un membre éminent de la famille royale, le diamantaire doit écourter son souper et il est le premier à quitter la table. Quelques semaines plus tard, de retour à Johannesburg, il se fait tirer dessus dans son bureau et n'en réchappe pas.

Coïncidence ou malédiction ? L'affaire remontant aux oreilles du directeur du Savoy Hotel, il sera décidé que dorénavant, par précaution, en cas de treize à table, un des employés ou un maître d'hôtel se joindrait aux clients. Cette situation se révéla assez vite inconfortable : une personne inconnue à une table d'amis ou lors d'une fête de famille, qui plus est en tenue de service, rendait les dîners fort embarrassants. Une solution bien meilleure fut trouvée. En 1927, on demanda à l'architecte Art déco Basil Ionides, engagé pour rénover l'intérieur du Savoy, de sculpter un chat noir en bois. La sculpture, nommée Kaspar, serait installée à la table des clients si par malheur ils se retrouvaient au nombre de treize. On lui nouerait une serviette blanche autour du cou et on lui apporterait une écuelle remplie de lait.

Le bruit de cette réjouissante extravagance courut dans tout Londres et des tablées de treize s'organisèrent pour avoir le privilège de dîner avec le chat Kaspar. Les vendredis et samedis soir, à la réception du restaurant du Savoy Hotel, il n'était pas rare d'entendre cette phrase : « Désolé, nous ne prenons plus de réservations pour treize, Kaspar a déjà rendez-vous ! »

Durant la Seconde Guerre mondiale, le chat fut kidnappé par des pilotes de la Royal Air Force qui lui organisèrent un baptême de l'air jusqu'à Singapour pour le plaisir de l'avoir à table au mess, parmi les soldats, afin de leur remonter le moral. Certaines sources relatent que cet enlèvement fut ordonné et préparé par Winston Churchill en personne pour les cas où il se retrouverait à table avec douze de ses officiers. En fait, Churchill était devenu si fou du chat du Savoy qu'après la guerre il lui arrivait de réclamer que la sculpture dîne à sa table, peu importe le nombre de convives. Ce grand homme, qui appelait sa dépression son « chien noir », soignait sa cyclothymie et sa mélancolie en dînant en tête-à-tête avec un chat en bois.

Les chats qui ont le mauvais rôle (dans les dessins animés)

Les chats n'ont pas toujours le bon rôle. Dans certains dessins animés, leur sens de la chasse, leur impulsivité, leur rare mais spectaculaire déséquilibre, leurs manières pataudes sont parfois raillés au détriment de leur élégance et de leur agilité. C'est surtout une façon de sensibiliser l'enfant à la situation du plus vulnérable, du plus faible en apparence : l'oiseau, la souris, le schtroumpf.

Non seulement Grosminet n'arrive pas à mettre la patte sur le rusé et virevoltant Titi, mais il a en plus un cheveu sur la langue et est affublé d'un curieux prénom : Sylvestre. Dans le redoublage en français des années quatre-vingt-dix, son juron fétiche est tout aussi stupide : « sapristi saucisse », qu'il prononce : « faprifti fauffife. »

La personne qui adopte un chat préférera donc toujours le baptiser Napoléon ou Caligula, voire Titi, plutôt que Sylvestre. Créée en 1942 par Bob Clampett pour les *Looney Tunes* de la Warner, la série originale compte quarante-six épisodes, réalisés de 1942 à 1964. En prélude à *Titi et Grosminet*, Bob Clampett réalise *The Hep Cat*, un cartoon dans lequel c'est le chat qui est poursuivi par un chien plus gros que lui, quand un oiseau du calibre de Titi apparaît pour se moquer de la situation et de la haute opinion que le chat a de lui-même. Impuissant à croquer les plus petits que lui, Grosminet réapparaît sous le nom de Grosso Mineto dans le dessin animé *Speedy Gonzales*, où il a toutes les peines du monde à poursuivre une souris coiffée d'un sombrero et dotée d'un talent exceptionnel pour le sprint et la course d'endurance. *Arriba! Arriba!*

Tom et Jerry ont été créés par l'auteur-dessinateur William Hanna et le réalisateur Joseph Barbera deux ans avant Titi et Grosminet. Cent quatorze épisodes sont produits entre 1940 et 1957 par la MGM, rivale de la Warner et de ses *Looney Tunes*. Le chat Tom pourchasse lui aussi la souris Jerry d'un épisode à l'autre, bon prétexte à astuces, pièges en tout genre et courses-poursuites divertissantes. Plus il est ridiculisé, plus son désir de vengeance le mène à être à nouveau ridiculisé. C'est à la fois Goliath contre David et le Vaillant Petit Tailleur des frères Grimm, revisités à la sauce cartoon d'Hollywood. La morale subtile de ces dessins animés, c'est que la vengeance cause toujours une série de nouvelles catastrophes. Cependant, quand Tom et Jerry se découvrent un ennemi commun, il leur arrive de s'allier et de former une paire de héros digne d'un *buddy movie*.

Un autre chat qui traîne sa silhouette du côté des méchants est Azraël, le compagnon du sorcier Gargamel dans la série de bandes dessinées créée par Peyo, *Les Schtroumpfs*. Le chat roux partage l'obsession de son maître envers les Schtroumpfs, à ceci près que le sorcier cherche à en dissoudre un dans un chaudron afin de parfaire la formule de la pierre philosophale, tandis qu'Azraël ne pense qu'à les croquer. S'ensuivent des courses-poursuites de case en case dans lesquelles le chat se couvre de ridicule sur un mode identique à Grosminet ou Tom. Dans *Le Voleur de Schtroumpfs* (publié une première fois en mini-récit en 1953 et repris aux éditions Dupuis en 1963 dans l'album *Les Schtroumpfs noirs*), quand

Gargamel boit par mégarde une potion qui, grâce à la malice des petits lutins bleus, le rapetisse au lieu de le faire devenir géant, Azraël se retourne contre lui, rejoignant la bande des chats de dessin animé qui s'attaquent toujours aux plus petits qu'eux.

On pourrait également citer le chat Patibulaire, qui n'arrête pas de vouloir du mal aux souris Mickey et Minnie, ou encore ce gros sournois de Lucifer qui, dans le *Cendrillon* de Walt Disney, tente sans succès d'attraper les souris Gus et Jack dans des scènes rappellant celles imaginées par Hanna et Barbera.

Il existe aussi, heureusement, un grand nombre de dessins animés où le chat a le beau rôle. Je ne peux pas ne pas citer Félix le Chat, le premier chat anthropomorphe de dessin animé créé par Otto Messmer et Pat Sullivan en 1919, et Julius, la première création de Walt Disney dans sa série *Alice Comedies* (oui, avant de basculer du côté des souris, Walt avait commencé à bâtir son empire sur un chat), très proche dans son apparence de Félix. S'il serait trop long de recenser les chats qui tiennent la vedette au Japon, mentionnons tout de même les stars mondiales très colorées de *Hello Kitty*, le manga d'apprentissage *Chi, une vie de chat*, ou encore Happy, le chaton bleu de la série *Fairy Tail*.

Enfant, c'est un dessin animé américain qui retenait toute mon attention : *Les Vies secrètes de Waldo Kitty*, où un chat doit constamment ruser pour retrouver sa belle, la chatte blanche Félicia qui vit dans un jardin voisin, en défiant un gros bouledogue nommé Tyran, bien décidé à lui barrer le passage.

Chaque fois que Waldo le chat cherche à tromper Tyran le chien, il pense aux neuf vies dans lesquelles il pourrait piocher et se projette dans des versions héroïques de lui-même, à des époques différentes. Tandis que l'introduction et la conclusion sont en prises de vues réelles – on suit les tribulations de véritables chats et chiens –, les possibilités d'avatars héroïques de Waldo basculent en mode dessin animé.

Waldo Kitty m'enchantait pour la variété des mondes qu'il proposait (western, planète futuriste, jungle de Charzan, le Moyen Âge anglais de Robin des Chats, une parodie de *Batman*), et pour l'effet de surprise, puisqu'on ne savait jamais quel avatar l'infatigable chat Waldo allait choisir d'incarner. Le doublage français était particulièrement savoureux : Waldo était interprété par Gérard Hernandez, Félicia par Perrette Pradier et Tyran par Roger Carel, trois acteurs incontournables du théâtre de boulevard dont je reconnaissais ensuite les voix dans des circonstances tout à fait différentes en les regardant participer en chair et en os aux *Jeux de 20 heures* ou à *L'Académie des neuf…*

Des neuf vies du chat, sans doute.

De la difficulté de dire : « Je vais vous montrer des photos de ma chatte. »

L'écrivain américain Mark Twain, auteur notamment des *Aventures de Tom Sawyer*, disait que quand il rencontrait une personne qui aimait les chats, elle devenait aussitôt son amie sans qu'il ait besoin d'en savoir davantage. Pas d'autre ambassade, ni recommandation, pas besoin de curriculum vitae ; l'amour des chats est le laissez-passer pour accorder sa confiance et son amitié.

Depuis que j'ai un chat, ou disons depuis que j'ai en ma possession (façon de parler, je sais très bien que je ne possède pas mon chat, c'est même plutôt l'inverse) le combo assez redoutable « chat + smartphone », je me marktwainise : je deviens l'ami d'un nombre incalculable de personnes que je ne connaissais pas trente secondes auparavant, et nous voici à dégainer nos téléphones, épaules rapprochées, têtes penchées l'une vers l'autre, pour nous montrer des photos de nos chats respectifs. Un peu comme on pourrait le faire avec des bébés, à ceci près que montrer une photo d'un bébé franchit une frontière intime qui n'existe pas avec le chat et que, il faut bien le reconnaître, le bébé en photo n'est pas aussi souvent à son avantage que le chaton. Sur ce point-là : chaton 1, bébé 0.

Or, chaque fois que je m'apprête à dire « je vais vous montrer une photo de ma chatte », je m'arrête net dans ma phrase, bredouille, et voilà que je prends des chemins détournés pour dire : c'est une femelle, c'est une fille chat, etc. Tant de périphrases pour ne pas employer le mot « chatte ».

Preuve, s'il en fallait, de cette association inévitable entre la chatte, le minou et le sexe féminin, je tape sur Google, pour le chapitre précédent, deux trois mots clés concernant la particularité de l'élocution du chat Grosminet qui mouille les « f » et les « s », et tombe sur le forum de jemontremonminou.com où un internaute réagit à une photo en disant : « Coucou, très joli minet. Gros bisous partout. »

L'association du terme chatte/*pussy* avec le sexe féminin remonterait au XVIIe siècle, où la toison qui recouvre le sexe était couramment comparée au pelage du chat. Le magazine de vulgarisation scientifique *Ça m'intéresse* date son origine du Moyen Âge, où l'expression « "faire chatte mouillée" évoque une demoiselle qui enjôle les hommes par des manières doucereuses ». D'autres sources encore évoquent une possible analogie avec le mot homophone « chas », qui désigne le trou de l'aiguille dans lequel on fait entrer le fil. Dans leur livre *Le bouquet des expressions imagées*, Claude Duneton et Sylvie Claval nous apprennent quant à eux qu'au XVIe siècle l'expression « laisser aller le chat au fromage » traduisait pour une jeune femme la défloraison, le dépucelage. Ils racontent : « Il y a même à ce propos un passage charmant d'une lettre écrite par Voltaire à une abbesse qui lui avait fait présent d'un chat : "Je ne le nourris [le chat] que de fromages et de biscuits ; peut-être, madame, qu'il n'était pas si bien traité chez vous ; car je pense que les dames de *** ne laissent pas aller le chat aux fromages et que l'austérité du couvent ne permet pas qu'on leur fasse si bonne chère." »

Quoi qu'il en soit, bien loin de l'activisme punk rock féministe des Pussy Riot, l'emploi du mot

« chatte » relève au départ d'un vocabulaire essentiellement masculin, souvent dominateur et réducteur, la plupart du temps agressif, et qui se perpétue sans complexe, si l'on en croit l'édifiante sortie de Donald Trump révélée par le *Washington Post* lors de la campagne présidentielle de 2016 : dix ans auparavant, le futur président des États-Unis ne se serait pas méfié du micro-cravate qu'il portait lors de l'enregistrement d'une émission quand il a déclaré au présentateur, Billy Bush, cousin de George W. Bush : « Quand vous êtes une star, les femmes vous laissent faire. Vous pouvez faire tout ce que vous voulez, les attraper par la chatte [*grab them by the pussy*]. » Le tollé suscité n'a pas empêché les Américains de l'élire président.

Sous l'impulsion de Jessica Bennett, autrice de *Feminist Fight Club*, le slogan « *Pussy grabs back* », accompagné de l'image d'une chatte montrant ses crocs, est devenu le cri de ralliement de toutes les femmes désireuses de s'opposer à Trump, à la domination machiste, au masculinisme, au discours de l'écrasement et à la propagation de la violence. Comme le dit Marie, la chatonne du film de Disney *Les Aristochats* : « *Ladies do not start fights, but they can finish them* » (« Les dames ne commencent jamais les bagarres, mais elles savent les finir »).

Contre la bêtise, le terme *pussy*, qui désignait aussi, dans les cours d'école anglosaxonnes, un froussard ou une mauviette, est désormais un symbole de combat, de puissance, d'affirmation et de révolte. Alors, tout bien pesé, je prends mon téléphone et oui, c'est décidé, je vais vous montrer une photo de ma chatte !

Cinquante nuances de Gris-Gris

J'ai à la maison l'affiche américaine du film de Cédric Klapisch *Chacun cherche son chat*. Le titre anglais ne retranscrit pas toute la saveur de l'allitération en « ch » ni l'efficacité de la punchline, il n'en reste pas moins que j'adore la composition de cette affiche, ses couleurs et la photo de l'actrice principale, Garance Clavel, allongée sur un canapé, son chat dans les bras. Cette image reste pour moi un mystère : dans le film, l'actrice se trouve dans cette position à deux reprises, mais dans des tenues différentes. Est-ce une scène coupée au montage qui a servi à l'affiche, ou bien une photo a-t-elle été spécialement réalisée à des fins publicitaires ? Une affiche identique trône en bonne place au Pause-Café, à l'angle des rues Keller et de Charonne, un café emblématique du quartier, où se déroule le film et où j'ai plusieurs souvenirs épars de rencontres et de retrouvailles. C'est notamment ici, en prenant un café avec la talentueuse comédienne et musicienne Roxane Arnal, que j'ai eu l'idée de lui écrire un conte musical, un seule en scène pour le jeune public qui, ça ne s'invente pas, s'intitule *Le Chaton qui vivait chez un ogre*. Dans ce conte, Roxane chante une ode à la mousse, qui fait :

> Pas besoin d'être un chaton pour aimer la mousse
> Dans le bain y a de la mousse
> Moi je m'y glisse anonymous
> Aujourd'hui on aime montrer sa frimousse
> Pour avoir des amis ou pour devenir famous
> On veut être adulé, y a du lait dans la mousse,
> C'est sans doute pour ça que tout l'monde aime la mousse.

Le film de Cédric Klapisch part d'une belle et simple idée : la découverte d'un quartier, un petit monde en soi où évoluent un chat noir et des habitants hauts en couleur. C'est aussi l'éveil de l'amour pour son héroïne, Chloé, qui a l'âge où on commence à se demander s'il n'est pas un peu étrange d'être seule (c'est du moins ce que je me demandais alors, ayant à peu près l'âge de l'héroïne au moment où le film est sorti, au milieu des années quatre-vingt-dix). Pour le reste, c'est un film un peu bizarre : le chat noir s'appelle Gris-Gris, et il y a une scène dans un terrain vague où Chloé et ses nouvelles copines rient de soulagement devant le cadavre d'un chat en se rendant compte qu'il ne s'agit pas du chat perdu. Hum…

Le film illustre tout à fait cette idée que croire en quelque chose qui nous concerne – retrouver un chat – permet d'exister dans la démolition permanente de tout : ses rêves, ses idéaux, la ville.

Cédric Klapisch montre ce Paris voué en permanence aux pelleteuses et aux travaux. « La forme d'une ville change plus vite, hélas, que le cœur des mortels », nous dit cet autre grand amoureux des chats qu'est Baudelaire, et le Paris d'aujourd'hui n'a plus rien à voir avec celui de mes vingt-cinq ans, si ce n'est peut-être la permanence des chantiers, et des rêves aussi, dans une certaine mesure, des rêves en chantier.

Déjà, on ne parle plus en francs, il n'y a plus de cabines téléphoniques, le Pause-Café s'est agrandi, ma mélancolie aussi, et je dirais que la musique est meilleure aujourd'hui. Il y a quand même ce titre de Portishead qui clôt le film et accompagne la révélation amoureuse de Chloé, sur un mode assez similaire à la course effrénée de Denis Lavant, en plan séquence, dans *Mauvais sang* de Leos Carax, sorti dix ans plus tôt. Et c'est vrai qu'il vaut mieux savoir courir vite dans une ville comme Paris quand on est une fille.

On comprend d'ailleurs que Gris-Gris ait voulu foutre le camp quand on croise, comme Chloé tout au long du film, une quantité de personnes qui sont soit hystériques, soit relou, soit dangereuses, soit obsédées par le sexe.

Quand Chloé confie à son colocataire, joué par Olivier Py, « je ne comprends pas pourquoi je suis seule », moi non plus, à vrai dire, je ne vois pas pourquoi Garance est seule alors que j'habite dans la même ville qu'elle. Je prends conscience quand même assez vite que je n'ai ni le physique ni la désinvolture d'un Romain Duris qui joue de la batterie torse nu, et que si je réussissais à ramener dans mon petit studio une fille de la trempe de Garance, je n'aurais pas l'audace de lui poser une main sur le genou ni de l'embrasser.

À vingt-cinq ans, je n'étais pas du tout sûr de moi, et, à vrai dire, tous les garçons de mon âge trop sûrs d'eux me mettaient le moral à zéro. Comme le personnage de Djamel, joué par Zinedine Soualem, je trouvais que la vie était mal faite. En fait, à vingt-cinq ans, je ne voyais rien chez moi qui puisse intéresser une fille comme Garance, à moins, peut-être, de me transformer en chat.

La ballade de Brigitte, Karl et Choupette

Il en aura fallu du cran, à Brigitte Bardot, pour défendre la cause animale dans les années quatre-vingt et se prendre de plein fouet la violence toujours crue, souvent misogyne, de tous ces types qui approuvaient le massacre des bébés phoques pour faire commerce de leur peau. Quand je revois des images, des reportages de l'époque, je reste abasourdi devant le courage de l'actrice de *Et Dieu créa la femme*. Pour donner toujours plus de visibilité à son combat, cette star incontestée du cinéma français a écrit en 2015 une lettre ouverte à une autre icône internationale : Choupette.

Choupette est la chatte birmane sur laquelle Karl Lagerfeld a jeté son dévolu après que son ami Baptiste

Giabiconi lui en a confié la garde, à tel point que la mignonne petite boule de poils aux yeux bleu saphir étoilé lui est devenue indispensable.

Voici le genre de conversation que l'on pouvait surprendre en 2015 en plein Paris :

« Tu as vu cet homme qui traverse la rue Royale ? On dirait Andy Warhol avec sa perruque dans la main…

– Mais non, voyons, c'est Karl Lagerfeld avec Choupette dans les bras ! »

La participation de Choupette à des publicités, une au Japon, une autre pour Opel Corsa, ses couvertures de presse avec son excentrique et célèbre pygmalion (*Madame Figaro*, *BAZAAR*, *SPUR*, *Vogue*, etc.), les produits dérivés à son effigie, sa propre ligne de maquillage, et plusieurs publications à sa gloire dont le livre *Choupette. La vie enchantée d'un chat fashion* ont rapporté près de trois millions d'euros.

Une paille tout de même, à côté des 97 millions de dollars générés par Olivia, le scottish fold de Taylor Swift. Choupette aura pourtant ouvert la voie.

Dans l'émission *Le Divan*, créée par Henry Chapier et reprise par Marc-Olivier Fogiel en 2015, Karl Lagerfeld précise que Choupette possède un véritable compte en banque et qu'il l'a couchée sur son testament. Quatre ans plus tard, à la mort du couturier, la question enflammera la sphère médiatique, provoquant des déclarations de spécialistes assez saugrenues. « Non, Choupette ne bénéficie pas de l'aptitude à hériter ! » annonce *L'Express* après avoir interrogé un avocat et professeur de droit. Pour se conformer à la loi, c'est la gouvernante préposée à Choupette qui se verra attribuer une demeure ainsi qu'une coquette somme d'argent pour subvenir à ses besoins et à ceux de l'animal de compagnie.

Il n'y a pas que le compte en banque de Choupette qui soit bien garni, son compte Instagram recense 133 000 followers, et aucune photo n'y est postée sans intention artistique. On peut même y constater que Choupette est sans doute le seul être au monde qui sache se faire câliner contre les seins nus de Laëtitia Casta en affichant un air vaguement absent. Habituée au grand luxe, Choupette est conviée pour son anniversaire à un goûter dans un jet privé où elle reçoit évidemment une quantité de cadeaux estampillés Chanel ainsi qu'une bouteille de Ruinart. Après tout, le président Lincoln, dont le seul hobby, d'après sa femme, était sa passion pour les chats, avait bien été surpris dans les appartements de la Maison Blanche en train de nourrir un chaton avec une cuillère en or.

Mais revenons à la lettre de Brigitte. En 2014, pour les quatre-vingts printemps de la star, Choupette, par l'intermédiaire de Karl Lagerfeld, envoie à la fondation Brigitte Bardot un « gros chèque » accompagné de ce mot : « Pour tous les chats qui n'ont pas eu ma chance. »

Joie de Brigitte, qui réagit dans les vingt-quatre heures en se fendant d'un joli courrier de remerciement. Pourtant, à peine une année plus tard, en juillet 2015, Karl Lagerfeld prévoit de réintroduire de la fourrure dans ses créations et ses défilés Fendi. Brigitte Bardot, scandalisée, comprend qu'elle n'a qu'un moyen d'atteindre l'irascible styliste pour lui faire renoncer à ce projet : s'adresser à celle pour qui Karl serait prêt à tout sacrifier.

« Ma tendre Choupette, écrit Brigitte dans sa lettre, je compte sur toi pour ronronner à l'oreille de papa Karl le désespoir que tous tes petits frères à fourrure ressentent lorsqu'il fait la promo de leurs dépouilles. »

Karl restera sourd à la missive de Brigitte, et le 8 juillet 2015, pour les quatre-vingt-dix ans de la marque Fendi dont il est depuis un demi-siècle le directeur artistique, il présentera bien un défilé « Haute fourrure » comportant pas moins de trente-cinq modèles.

Découragée par cette obstination consternante et mortifère à réintroduire la fourrure dans la mode, Brigitte ne lui en tiendra cependant pas rigueur. À la mort du couturier, elle écrira sur son compte Twitter : « Ma Choupette, je te ronronne un baiser triste. Tu perds un papa qui avait le talent de l'élégance. »

Téléchat

Marie Binet, qui a été la dernière compagne de l'artiste Roland Topor, me raconte la naissance de l'émission *Téléchat*. « À l'origine, Roland voulait faire un pastiche des informations de l'époque destiné aux enfants. En fait, c'est le premier à avoir créé une émission d'infos pour enfants. Il avait tendance à penser que les enfants étaient pris pour des idiots par la plupart des programmes télé et, avec le réalisateur et scénariste belge Henri Xhonneux, ils ont travaillé dans un délire de joie totale. Une création débridée de chaque instant. »

Les présentateurs de l'émission sont le chat Groucha et l'autruche Lola. Marie ajoute : « Roland adorait partir d'une situation de base avec seulement un ou deux personnages. Par exemple : un jeune homme dort sur un lit de camp et, dans la nuit, un serpent commence à se glisser sous le lit. Ce genre de situation enflammait son imagination. Dans le cas de *Téléchat*, l'idée de départ était un journal télévisé qui donnerait des nouvelles des objets du quotidien – parce que, comme l'annonce le chat dans le premier épisode : "Que savons-nous des choses ? Pas grand-chose." »

Ce gros chat et cette autruche sont aussi peut-être un clin d'œil au célèbre duo de journalistes qui présentent à l'époque le journal du midi sur TF1, Yves Mourousi et Marie-Laure Augry. Sous l'impulsion de Jacqueline Joubert, *Téléchat* débarque sur le petit écran en 1983, d'abord sur la RTBF, dans l'émission *Lollipop*, présentée par un certain Philippe Geluck – qui, peut-être, se souviendra par la suite, pour son propre de travail, de ce chat imposant habillé d'un manteau, d'une chemise et d'une cravate –, puis sur Antenne 2, dans l'émission présentée par Dorothée, *Récré A2*.

Téléchat fourmille d'idées saugrenues, originales, voire dadaïstes. N'oublions pas que Topor a fondé dans les années soixante-dix, avec Fernando Arrabal et Alejandro Jodorowsky, le mouvement Panique, dont l'objectif était de s'opposer au dogmatisme du surréalisme et de promouvoir la singularité, l'originalité, une vision créatrice, baroque et grinçante du quotidien. Dans *Téléchat*, Groucha porte un plâtre – ce qui facilite le travail des marionnettistes – duquel il sort un tas d'objets dont il célèbre la fête, comme les humains ont leurs fêtes dans le calendrier. Il y a ainsi une saint pot de colle – l'occasion, pour le chat, de souhaiter une « bonne fête à tous les pots de colle » – et même une saint souvenir : « Bonne fête à tous les souvenirs ! »

C'est une idée bien poétique. Et des souvenirs avec Roland, Marie en a une palanquée. Elle accepte de m'en raconter un : « Roland disait qu'il avait toujours trouvé ridicules les dessins de cœurs. Dans un petit carnet que je lui avais offert, il avait dessiné pêle-mêle un cœur en mortadelle fermement tranché par un boucher, un cœur découpé dans une porte de W.C. en bois d'où apparaissait la tête hagarde d'un homme criant "Il n'y a pas de papier !", un prisonnier s'accrochant aux barreaux de sa fenêtre creusée dans le mur d'une prison en forme de cœur… et un cœur avec une tête de chat dévorant le museau pointu d'une souris. »

Le quotidien serait plus poétique si chacun d'entre nous se créait un calendrier composé de ses souvenirs heureux. Vous en avez bien trois cent soixante-cinq ? Même des petits souvenirs de rien du tout ? Allez, creusez-vous un peu la tête et ouvrez grand votre cœur : le sourire d'une personne dans la rue, la création d'un haïku, un après-midi à ranger sa bibliothèque selon un ordre qui n'appartient qu'à vous, la première fois où vous avez fait du vélo sans roulettes, l'émotion qui m'a envahi à l'instant où tu m'as embrassé. Vous voyez, il y a de quoi faire. Ça pourrait être une belle idée, ce calendrier des fêtes de souvenirs. Mais les idées passent comme les chats sur les toits, comme les bonheurs et les soucis dans l'existence, voilà pourquoi sans doute la création demeure, pour que les choses passent en douceur et que la douceur, elle, ne passe pas.

Un être de petites habitudes

Si je dois me souvenir de la ville de Nancy, je pense aux moments où, avec Alia, nous allions dîner de frites au cheddar sur le marché de Noël, et à nos déjeuners ensemble avant de traverser la ville pour aller d'un collège à l'autre, lors de mes interventions dans les classes de cinquième et quatrième. Grâce à Marie-Madeleine, j'avais été choisi pour animer pendant six mois un atelier de correspondances épistolaires entre des jeunes collégiens et des personnes âgées en résidence autonome. Très vite, au fil du travail et des lettres, se sont établis des rapprochements très émouvants entre les personnes âgées, la plupart natives de Lorraine, qui avaient enduré les horreurs de la guerre dans leur petite enfance, des frères tués ou envoyés au STO, des parents déportés, les bombardements et les privations, et ces jeunes collégiens dont certains, réfugiés, étaient arrivés en France depuis peu, ayant laissé leurs proches ou leurs parents en Syrie sous les bombes, ou dans des régions peu sûres aux portes de l'Europe.

Alia, qui travaillait pour le festival Le Livre sur la place, m'accompagnait dans ces séances, et les collégiens voulaient tous devenir écrivains parce qu'ils pensaient que les écrivains avaient des assistantes et que c'étaient des jolies filles comme Alia qui les assistaient.

Un midi, Alia me demanda où je voulais déjeuner et, comme nous étions allés une première fois au Café Jeanne et que l'atmosphère m'y avait paru fort agréable, je répondis « Au Café Jeanne ». Étonnée, elle s'exclama dans un sourire : « Ah ! Tu es un être de petites habitudes ! »

Je pris ça pour un vrai compliment car, oui, je suis un être de petites habitudes, et je crois que je partage cette particularité avec la reine d'Angleterre et les chats.

En effet, Élisabeth II était un être de petites habitudes : chaque matin elle réclamait sans relâche des toasts, de la marmelade, les journaux repassés et sept œufs à sept cuissons différentes. Si vous vous demandez pourquoi vous n'êtes pas reine d'Angleterre, j'ai une question pour vous : seriez-vous capable d'engloutir chaque matin sept œufs à sept cuissons différentes ?

Mitsy a également ses petits rituels qui ponctuent une journée, et ces rituels pourraient se répéter à l'infini qu'elle n'en serait pas lassée, y trouvant même une source de réconfort.

J'aimais beaucoup Élisabeth II et je ne sais pas trop quoi penser du roi Charles III. Surtout depuis que je l'ai vu se bidonner comme un garnement devant une représentation d'orgue à chats.

Vous trouverez une illustration d'orgue à chats dans le *Catalogue d'objets introuvables*, de Jacques Carelman, et dans diverses publications. C'est un instrument aussi farfelu que cruel : des chats sont enfermés dans de petites boîtes selon leur tessiture, et leurs queues sont attachées à des cordes reliées chacune à une touche de piano. Ainsi, vous pouvez produire un joli accord jazzy de *si* bémol majeur 7 en faisant souffrir quatre chats. Inventés, d'après Carelman, par le révérend-père Athanase Kircher (1602-1680), qui mit également au point la lanterne magique et une bien mystérieuse machine à nettoyer les volcans, de véritables orgues à chats auraient été construits au XVIIIe siècle pour le bon plaisir sadique de certains princes à travers l'Europe.

Et voilà que Charles, qui n'était alors que prince, se gondole en assistant en 2010 dans les jardins de Clarence House à un spectacle inepte, qui met certes en scène un piano électrique et des chats en peluche qui couinent (hum, qui *queen* ?), mais peluche ou pas, le chat devient une nouvelle fois la risée des princes, qui expriment par leurs rires inextinguibles la perversité des hommes.

Sur la vidéo, que l'on trouve facilement sur Internet, on peut se rendre compte que le rire de Charles pendant l'interprétation à l'orgue à chats de *Somewhere Over the Rainbow* n'est pas si éloigné du ricanement de la méchante sorcière de l'Ouest, interprétée par Margaret Hamilton dans *Le Magicien d'Oz*, le film dont la chanson est extraite.

Catwoman

C'est en 1940 qu'apparaît pour la première fois le personnage de Catwoman dans l'univers de Batman, le justicier homme-chauve-souris des DC Comics. L'une et l'autre n'en finiront pas de bondir, voltiger, se poursuivre et s'aimer sur les toits des buildings de Gotham City dans d'innombrables comics, séries télé et films de la Warner.

Pour sa première apparition dans un épisode intitulé « The cat », elle n'est encore qu'une élégante voleuse de bijoux qui aime changer d'apparence (elle se grime en vieille dame pour dérober un collier) et n'a de chatte que sa signature, un blaze de malfaitrice.

Deux épisodes plus tard, Bob Kane, son créateur, passe la vitesse supérieure en l'affublant d'une cape et d'un masque de chat. Le masque enveloppe entièrement son visage, à la façon de la Bête du film de Jean Cocteau. En guise de présentation sommaire, elle est décrite dans la première case de cet épisode intitulé « The Batman vs the Cat-Woman » comme « *beautiful and clever* », belle et maline. En dehors du masque et de la cape, elle porte une tenue de citadine contemporaine, chaussures à talons et robe à manches longues laissant entrevoir de longues jambes taillées pour la course-poursuite, qui distancent ses admirateurs en les laissant pantois. Catwoman partage avec Batman le goût de la nuit, du mystère et de la dissimulation ; de l'indépendance et de la déambulation ; de l'enquête et de la découverte de nouveaux territoires. Elle est un « conquistador sans patrie » comme écrit le poète chilien Pablo Neruda dans son poème « Ode aux chats ».

Au moment où Batman l'arrête dans une affaire de diamants, elle lui vole un baiser pour mieux profiter de sa surprise et pouvoir lui échapper. Elle devient alors l'archétype de la femme fatale, si célèbre dans les films de détectives et popularisé par Hollywood deux décennies auparavant, toujours à la limite entre complice et adversaire, passant d'un rôle à l'autre avec la dextérité d'un chat sautant d'une gouttière à un balcon.

Comme l'homme-chauve-souris, la femme-chat est un être des rebords. C'est là qu'elle trouve sa place, sa stabilité : sur un rebord de fenêtre entre l'extérieur et l'intérieur, l'inconnu et la vie domestique. Dans nos mondes vertigineux, les chats nous apprennent que le rebord est un refuge.

Dix ans plus tard, en 1951, lorsqu'elle revient avec un costume plus ajusté, propre à épouser le moindre de ses mouvements et cabrioles, le scénariste pose d'emblée sa dualité : « Catwoman est-elle une alliée ou une criminelle ? » Une dualité qui, comme nous le rappelle Claude Béata dans son livre *La folie des chats*, est caractéristique du félin, « à la fois proie et prédateur ».

Catwoman restera pour toujours cet être du rebord, qui prend un baiser, une caresse, mais pas davantage ; qui vole un diamant mais ne porte pas d'alliance ; qui aime l'amour mais pas la domestication de l'amour, et lui préfère la liberté.

En 1966, quand un comic book est consacré à la fiancée de Superman, Lois Lane, le scénariste Leo Dorfman fonde naturellement son épisode sur la confrontation avec Catwoman. Pour bien insister sur le fait que la petite amie de Superman est la gentille et Catwoman la méchante, il convoque tous les sortilèges et fantasmes liés aux sorcières. Ainsi peut-on lire en gros titres sur la couverture réalisée par le dessinateur Kurt Schaffenberger: « C'est une catastrophe pour Superman quand le sort jeté par l'ennemie féline de Batman le fait sombrer dans… la magie noire de Catwoman! » Sort, féline et magie noire dans une même phrase, si avec ça le jeune lecteur n'a pas compris que Catwoman est la vilaine sorcière… Bien sûr, celle-ci perd le combat, mais elle en a fait voir de toutes les couleurs à Superman et l'a même transformé en chat noir!

Si Batman est un être torturé, Catwoman l'est encore davantage. Dans un épisode de 2003 intitulé « Other cats », au cours d'un dialogue avec Batman qui affirme croire en la justice de son pays, elle réplique, sous la plume de l'auteur Ed Brubaker:

> Toutes ces traques qu'on mène la nuit pour rendre le monde meilleur, ça ne marche pas vraiment, n'est-ce pas? Le monde est toujours aussi foutu le lendemain matin, et les tueurs qu'on a arrêtés sont de retour dans les rues pour blesser aussitôt d'autres personnes. Tout le monde pense que la Loi et la Justice sont mêlées, mais personne ne peut faire la différence entre les deux. Moi

je peux ! Et la plupart du temps, dans ce monde, quoi qu'on fasse pour aider, il n'y a pas de justice.

Dotée d'un tempérament de feu, elle reste insaisissable, pour Batman comme pour la justice de Gotham City, à l'image de Macavity, le chat mystérieux, héros du poème pour enfants écrit par le poète américain T. S. Eliot :

Macavity, Macavity, il n'y en a pas deux comme Macavity,

Jamais un chat n'a autant fait preuve de duplicité et de suavité

Il a toujours un alibi et un ou deux de rechange

Peu importe quand le forfait a eu lieu, Macavity n'y était pas !

À noter que le recueil dans lequel fut publié ce poème est intitulé *Old Possum's Book of Practical Cats* et qu'il inspirera au compositeur Andrew Lloyd Webber la comédie musicale *Cats*.

Dans des scénarios toujours plus inventifs, Catwoman continue, les décennies suivantes, à jouer avec les codes de la voleuse et de la sorcière, s'échappant parfois des situations les plus périlleuses en se transformant en chat. Peu à peu, à force d'imposer son style, sa singularité et sa détermination, elle accompagne les mutations de la société, devenant de plus en plus forte, indépendante et féministe.

Concurrente directe des DC Comics, l'entreprise Marvel utilisera également l'image fantasmagorique du chat, notamment à travers Kitty Pryde, la super-héroïne membre des X-men.

Kitty signifie « chaton » en anglais. Le personnage apparaît d'ailleurs encore plus explicitement dans certains épisodes sous le nom de Shadowcat (« chat de l'ombre »). Si Kitty Pryde partage avec le félin une grande agilité et des facultés de perception hors norme, son principal superpouvoir est sa faculté à apparaître et disparaître à sa guise en traversant la matière : face à un mur ou un élément, ses atomes glissent pour se fondre dans l'objet et le traverser. On pense de nouveau à l'œuvre de Lewis Carroll, et notamment au roman, déjà mentionné plus haut, *De l'autre côté du miroir*, dans lequel Alice parvient à franchir la paroi vitrée en parlant à son chat noir prénommé Kitty.

Kitty Pryde est donc ce superchat qui n'a même plus besoin qu'on lui ouvre la fenêtre ou la porte. Elle n'en reste pas moins, elle aussi, un être du rebord, à la fois humaine et dotée d'un gène X. Elle est d'ailleurs la plus jeune des mutants repérés par Cerebro, l'ordinateur conçu par le professeur Xavier pour les identifier à travers le monde et les tirer de situations difficiles ou de familles démunies face à leurs superpouvoirs. En cela, Kitty Pryde reste une *outcast*, à l'instar de tous les amoureux des chats, de Baudelaire à Louis Wain.

Sa faculté à traverser les murs et les mondes rappelle *Le Testament d'Orphée*, film dans lequel le poète Jean Cocteau traverse, relie et unifie le monde des vivants à celui des morts. Une phrase de Cocteau pourrait d'ailleurs très bien servir de mantra à Kitty Pryde, ou plus encore à Catwoman quand elle bondit sur les toits des voitures de la NYPD : « Je préfère les chats aux chiens, car il n'y a pas de chats policiers. »

Catstagram

Au moment où j'écris ces lignes, je me demande si le projet du *Petit éloge des chats* n'a pas fuité, car je viens de recevoir via Messenger une invitation à rejoindre le groupe SOCIÉTÉ SECRÈTE DES CHATS CONSPIRATEURS POUR L'ASSERVISSEMENT DE L'HUMANITÉ. L'invitation émane-t-elle d'une personne bien renseignée, ou un énième algorithme m'a-t-il pris sur le fait, alors que je viens de passer la dernière demi-heure à suivre sur Instagram les mésaventures de plusieurs chats trop mignons, trop adorables, trop irrésistibles – bref, des chats ?

Ça me change des aventures bling-bling de la plupart de mes congénères, dont je subis sans relâche le contentement de soi après avoir eu le malheur, l'insouciance ou la politesse de suivre leur profil.

Dans cette société du paraître, qu'il est réconfortant de regarder des chats. J'ai donc passé l'après-midi à regarder un chat se bastonner avec un chien (tous les deux nettoyaient le parquet avec leurs queues frétillantes), puis se décider à faire la paix (la vidéo se termine sur des mamours de part et d'autre) ; un chat empêchant à plusieurs reprises un enfant de s'approcher trop près d'une fenêtre grande ouverte ; un vieux chat de vingt-deux ans qui fait des câlins à n'en plus finir à son humain (cette vidéo me brise le cœur et, en même temps, me l'enveloppe d'une certaine douceur) ; un chat qui s'endort dans les bras d'une petite fille ; un chat qui se frotte et se blottit contre une vieille dame toute ridée ; une vidéo qui m'explique que le ronronnement des chats, dont la fréquence est située entre 25 et 140 hertz, produit de la dopamine, de la sérotonine et peut soigner les maladies et le stress ; une chatte qui guide sous la pluie un passant jusqu'à son chaton pour lui demander d'en prendre soin ; un chat qui se déplace dans un appartement en faisant du skate ; un remake du *Titanic* de James Cameron avec Leonardo DiCaprio et un chat pour remplacer Kate Winslet ; un chat qui adore voyager aux quatre coins d'une ville ou du monde avec son humain ; un chat roux qui se jette dans les bras d'une femme déambulant dans un centre d'adoption et qui miaule pour lui signifier : « Ne me laisse pas là, emmène-moi avec toi ! », bouleversant la jeune femme ; etchatera, etchatera… Je prends aussi des nouvelles de Flame, le chat mascotte des pompiers de Greenville, en Caroline du Sud, et de cette mignonne petite boule de poils qu'est Smoothie the Cat, véritable star d'Instagram.

Mitsy, quant à elle, n'aime pas beaucoup être prise en photo ou en vidéo, elle tourne la tête avec dédain, clame son indifférence à se retrouver ou non sur les réseaux. Elle est un peu comme ces vieux Indiens d'Amérique qui pensaient que la photographie leur dérobait leur âme, à la différence qu'elle n'y voit pas de danger pour la survie de sa tribu, juste du temps de vie sur Terre perdu pour celui qui se laisse photographier et pour celui qui photographie. Mitsy me toise avec un air vaguement apitoyé qui dit : « Prends de moi toutes les photos que tu veux, jamais tu ne perceras mon mystère, jamais tu ne connaîtras mes secrets. »

Le chat dans l'immeuble

Le chat de la voisine du premier
N'arrête pas de miauler
J'ai juste envie de descendre et de défoncer la porte
À coups de stylo
Et de sauver le chat
Du manque de chaleur humaine
Elle le laisse des soirées entières
Pour aller danser
Peut-être le cha-cha-cha ?

Des années en arrière
Quand tu dansais avec d'autres que moi
J'étais ce chat qui miaule
En continu
Et tu avais beau me flatter d'une voix caressante

Sur le chemin du retour
Je n'étais pas dupe
J'avais intégré tes abandons multiples

Un jour je suis parti
Au milieu d'une énième déconvenue
Comme un chat qui passe à autre chose
Qui va chercher du réconfort ailleurs
Dans un café
Avec pour seul horizon
Un radiateur en fonte.

Le chat du Café de la Mairie

Dans Paris, du bois de Boulogne à celui de Vincennes, il n'y en a que pour les chiens. En appartement, le territoire est souvent occupé par les chats. De l'étage élevé où je me trouve ce soir, j'ai une vision directe sur les toits de Paris et, si je me penche par la fenêtre et regarde en contrebas, je vois à peu près la même scène : des gens seuls, fille ou garçon, dans de petits espaces, qui se préparent une assiette passée au micro-ondes et qui dînent sur un canapé-lit les yeux rivés à un écran – téléphone, ordinateur ou télévision. Souvent, d'un bond gracieux sur le dos du canapé, un chat passe dans le champ. Le chat vient contredire une solitude. La peupler sans trop déranger.

Le poète Stéphane Mallarmé écrit : « Je pense que le chat est nécessaire à un intérieur. Il le complète.

C'est lui qui polit les meubles, en arrondit les angles, lui qui donne à l'appartement du mystérieux. Il est bien le dernier bibelot, le couronnement suprême. » Cette pensée entre en écho avec un autre aphorisme de Jean Cocteau : « J'aime les chats parce que j'aime ma maison et qu'ils en deviennent peu à peu l'âme visible. » Réflexion que prolonge remarquablement Claude Béata dans *La folie des chats* : « Partager sa maison avec un ou des chats, c'est accepter l'altérité, c'est faire l'expérience quotidienne qu'il est possible de vivre en harmonie avec des êtres très différents à condition de respecter l'autre dans son étrangeté et de savoir établir avec lui des zones d'échanges aux profits mutuels, dont le moindre n'est pas la surprise du pouvoir partagé de la rencontre. » L'expérience de vivre avec un chat serait donc une sorte de répétition ultime avant de vivre avec un autre humain.

À Paris comme ailleurs, on trouve aussi des chats dans les cafés. Leur âme mystérieuse et leurs déambulations feutrées couronnent à elles seules l'atmosphère unique de chaque établissement. Ce n'est certainement pas un hasard si c'est le chat qui ouvre le mot « chaleureux ». Les chats peuplent les cafés, où l'attente est souveraine : des rendez-vous qui n'arrivent pas, des amis pressés de se raconter des tas de choses primordiales ou superflues, une petite heure à tuer avant de prendre un train ou de se rendre à une convocation, des jeunes gens qui viennent comme tant d'autres avant eux écrire les premières pages d'un roman, des couples qui se retrouvent pour entamer une histoire ou y mettre un point, qu'il soit virgule, de suspension ou final.

Au Café de la Mairie, place Saint-Sulpice à Paris, un gros chat dort voluptueusement sur une chaise ou le sommet d'une banquette. Vous pouvez l'apercevoir collé à la fenêtre quand vous passez par la rue des Canettes. Bien que la légende veuille qu'à deux pas d'ici Rimbaud ait écrit « Le bateau ivre », sa présence convoque plutôt ces deux vers du poème « Les chats » de Baudelaire :

> Ils prennent en songeant les nobles attitudes
> Des grands sphinx allongés au fond des solitudes

Chaque fois que j'aperçois ce chat, je me souviens de l'anecdote qu'un camarade m'avait racontée, dans les années quatre-vingt-dix, alors que nous étions attablés dans le café : une de ses jeunes amies qui fréquentait l'écrivain Cioran lui avait confié son chat à garder pendant la période des vacances. Connaissant par ses écrits la cruauté et l'humour, le cynisme et l'ironie de Cioran, j'avais souri et m'étais demandé – je me le demande encore – ce que l'auteur des *Syllogismes de l'amertume* et de *De l'inconvénient d'être né* avait bien pu raconter au chat. L'échange avait dû être aussi saugrenu que savoureux et aurait pu inspirer cette phrase de son livre *Écartèlement* : « La conversation n'est féconde qu'entre esprits attachés à consolider leurs perplexités. »

Le chat vous regarde toujours avec une perplexité que vos regards en retour ne font que consolider.

À bien y réfléchir, ce compagnonnage du chat et du philosophe n'est pas si étonnant. Philippe Geluck n'a-t-il pas démontré dans son travail imposant que le chat avait lui aussi une facilité déconcertante à produire des aphorismes de qualité ? Me revient alors, à propos de Cioran, cette phrase de l'écrivain Éric Chevillard : « Cet écorché lèche ses plaies comme le chat fait sa toilette, lequel chat sait qu'il n'est pas de plus mol oreiller que son propre corps soyeux. »

La dame au chat qui pleurait dans le train

Sur la ligne Paris-Trouville/Deauville, Trouville/Deauville-Paris, c'est le foutoir

Les trains étaient plus ponctuels au temps lointain des impressionnistes

Et cette fois

Il y a une dame qui voyage avec son chat et le chat vient de tomber malade

Et le wagon pue le vomi de chat

Et les gens qui sont exaspérés et exténués

De leur week-end, de leur vie, de leur couple et de la SNCF

Lancent des regards mauvais à la femme et lui font des réflexions

« Allez nettoyer votre chat »

« Allez vous enfermer dans les toilettes avec votre putain de chat pour le reste du voyage »

Les gens deviennent toujours féroces quand ils ont identifié qui pue dans un espace confiné

Et moi j'observe tous ces pères de famille avec leur tripotée de mômes et de bagages se déchaîner en réflexions et regards

Contre la vieille dame

Tout en prenant une place et un espace démentiels

Dans le wagon

Se répandant comme si tout leur était dû

Et je vois le chat paniquer et pleurer

Et la femme comme son chat

Panique et pleure

Elle dit : « Pourquoi le bon Dieu m'en veut ? Pourquoi le bon Dieu m'en veut en permanence ? »

Et cette plainte me brise le cœur

Autant de fois qu'elle est répétée

Alors moi qui suis resté silencieux tout le temps

Supportant

Et l'odeur du vomi

Et le comportement des gens

Je regarde la dame et dis d'une voix forte et ferme

Et très douce cependant

« Ne vous en faites pas madame

Ce n'est pas votre faute
Et ça arrive à tout le monde d'être malade »
Et les gens me regardent sans savoir
S'ils doivent me haïr
Pour avoir pris la défense de la dame et de son chat malade
Ou s'ils doivent juste poursuivre leur voyage
Dans la stupeur de ce que je viens de dire.
Ils en ont encore pour une heure et demie.

Le chat qui prend toute la place

Attention, le chat qui va entrer dans votre vie, votre appartement ou votre maison va prendre toute la place. Absentez-vous quelques jours hors de votre foyer, et il enverra des ondes, un chemin de pensées invisibles sur lequel il avance à pattes de velours pour vous dire : « Reviens, reviens vite ! »

Préparez-vous à ne plus voyager autant qu'avant, ou alors à vous mettre en quête perpétuelle de personnes qui accepteront de garder l'animal, bien qu'il y ait des solutions pour l'emporter avec vous, à l'exemple de Taylor Swift, qui emmène le sien en tournée, dans un sac à dos muni d'un hublot. Le rêve de toute personne qui aime Taylor Swift est d'être trimballée sur ses genoux comme son chat, et le rêve de tout amoureux des chats est que l'animal ait cette aisance du chien à vous suivre partout, sans en avoir aucune des autres particularités. Une sorte d'anima, indépendant et lié à vous de manière viscérale, comme le Dæmon Pan dans le roman de Philip Pullman *À la croisée des mondes* – titre parfait pour expliquer où se situe le chat : entre le visible et l'invisible. Souvenez-vous de la tête que fait votre félin quand il voit les fantômes qui traversent la maison.

Dans les cases de bande dessinée aussi, le chat a tendance à prendre toute la place : que l'on pense au chat imposant de Philippe Geluck, créé en 1983 dans le supplément du journal belge *Le Soir*. Chez Geluck, le chat mange la possibilité du décor, avec cet air de Joconde à vouloir vous boucher la vue, empêcher la distraction du spectateur dans les méandres du fleuve, le mignon village de Bobbio aperçu depuis le château de Malaspina Dal Verme, l'élégance du sfumato de Léonard.

Dans une archive de l'INA, Geluck explique la raison pour laquelle le chat, dessiné de cette façon, lui a semblé le héros, ou plutôt l'anti-héros, parfait : « Le chat a pour particularités d'être rapide, dangereux, malin, j'en ai donc fait un gros balourd, plutôt Sergent Garcia que Zorro. » Son chat est tout en rond : le rond des lunettes et le rond du nez. Le ronron, en quelque sorte. Le dessinateur prétend que son chat est en fin de compte assez difficile à dessiner, que parfois une ligne droite, un cercle parfait, les choses apparemment les plus simples, sont les plus ardues à rendre avec le crayon. Il se rapproche alors du grand amoureux des chats qu'était l'écrivain Jorge Luis Borges, qui estimait que le plus grand des labyrinthes est la ligne droite.

Un autre anti-héros est le chat de Robert Crumb. Le dessinateur américain commence à représenter Fred, le chat de sa famille, sur ses cahiers d'écolier, faisant de chaque couverture une véritable page de comics – Élie Faure ne nous raconte-t-il pas à propos de Velázquez qu'il « s'obstinait à couvrir de dessins ses cahiers et ses livres de classe » ? – et dans des BD faites maison pour divertir ses frères et sœurs. Enfant, Crumb baigne dans le travail de Carl Barks, le génie derrière les histoires de Donald et Picsou, et sa passion pour les dessins anthropomorphes le conduit naturellement à multiplier les histoires les plus délirantes possibles avec le chat Fred. Bientôt, Fred deviendra Fritz, et *Fritz le chat* prendra une place prépondérante dans la vie et l'œuvre de Robert Crumb.

Dans le documentaire *Confessions of Robert Crumb* qui lui est consacré en 1987, le dessinateur révèle la première lettre de celui qui deviendra son éditeur après réception des premières planches : « Cher Robert Crumb, nous pensons que les dessins du chat que vous nous avez envoyés sont excellents. La question qui se pose est la suivante : comment pouvons-nous les publier sans aller en prison ? » En effet, très vite, le chat de Crumb se laisse contaminer par les fantasmes et les élucubrations érotiques de son auteur. Pas ou peu de décors dans les premières cases, les bulles de dialogue occupant une bonne partie de l'espace, avant que les turpitudes de Fritz ne mettent tout sens dessus dessous et que les cases ne se chargent d'un chaos jubilatoire. Il y a un art du dérapage et du jaillissement chez Crumb, concupiscence progressive, lancinante et inévitable, puis orgie de corps et de discours au sein d'une même case. Trait acéré et partie fine en perspective.

Les chats de Sempé sont bien plus sages, chastes et recueillis. Le dessinateur français en a fait lui aussi une figure essentielle de son œuvre, notamment sur ses couvertures du *New Yorker*. Il raconte à propos de l'une d'entre elles une anecdote significative. Un jour, il apporte au journal une aquarelle d'une petite fille qui se fait des moustaches avec la queue d'un chat perché derrière elle. Mr Shawn, le directeur du *New Yorker*, observe le dessin et suggère à Sempé de retirer la petite fille afin qu'il ne reste plus que le chat au centre de l'attention. Donc, de supprimer le gag. D'abord décontenancé, Sempé finit par se faire à l'idée. « Mr Shawn savait ce qu'il voulait. J'ai travaillé comme un fou, j'ai gratté, j'ai fait attention. Avec de l'eau, j'ai donc, comme on peut le voir [sur la couverture du 8 décembre 1980], enlevé la petite fille. Il était ravi et, en fait, il avait raison, c'est très bien comme couverture, ça. »

Il y a dans cet effacement quelque chose d'absolument carrollien, c'est la vengeance du chat du Cheshire, qui ne s'efface plus pour ne laisser que son sourire, mais qui prend finalement toute la place.

L'éternel combat de l'art et de la science

« Le petit chat est mort, dit Agnès.

– Euh non, je ne crois pas, dit Schrödinger.

– Ah bon ! s'exclame Agnès, le cœur gonflé d'espoir. Il est vivant, alors ?

– Euh, non plus, dit Schrödinger, il est vivant et il est mort.

– Pauvre con ! » dit Agnès.

Le chat qui venait de l'espace

Est-ce au cinéma de Saint-Germain-en-Laye ou à celui du centre commercial Parly 2, aujourd'hui démoli, que je suis allé pour la première fois au cinéma avec une fille ? Je pencherais pour Parly 2. Je me souviens en revanche parfaitement du film et de la personne qui m'accompagnait. Elle s'appelait Éloïse.

Pour je ne sais quelle raison, nos parents, qui étaient voisins, avaient convenu que nous irions au cinéma ensemble un mercredi après-midi ; bien sûr, j'aurais cent fois préféré y aller avec un copain, mais je dois dire que les filles commençaient à m'intriguer, et dans le top 10 des questions que je me posais à leur sujet (je dois encore avoir cette liste quelque part) il y avait en quatrième position : « Est-ce que leur peau sent naturellement la fraise Tagada ? » Et en première position : « Qu'est-ce qu'il se passe dans une chambre de fille ? »

Mais dans le cinéma, nous serions l'un à côté de l'autre, et la véritable question qui échauffait mon esprit était : « Est-ce que je réussirai à calquer ma respiration sur la sienne ? » Je souhaitais prendre le moins de place possible, alors que, des années plus tard, je voudrais prendre le plus de place possible dans le cœur d'Éloïse.

Quoi qu'il en soit, mon père m'avait donné non pas un conseil, mais une recommandation : sois galant, laisse-lui le choix du film ! J'avais bien sûr ma petite idée : il y avait *Superman*, de Richard Donner avec Christopher Reeve, et ce qui deviendrait le dernier film de Bruce Lee : *Le Jeu de la mort*. Il est évident qu'avec un copain nous serions sans hésitation allés voir Bruce Lee mettre des atémis monumentaux à un géant, mais je ne me faisais pas d'illusions, ce choix avait peu de chances d'emporter l'enthousiasme d'Éloïse.

Le compromis idéal était *Superman* : il allait y avoir de l'action, mais aussi des scènes sentimentales avec Lois Lane. Je me voyais déjà me pencher vers cette fille de mon âge à la sortie du cinéma en lui disant « Bye bye, Éloïse Lane ! » et filer ensuite comme une tornade à travers le ciel pour d'autres aventures (ce n'est pas ma faute, il faudrait plutôt blâmer René Goscinny et Stan Lee : à force de lire les aventures de Lucky Luke ou celles du Surfer d'argent, le cliché du héros solitaire s'était ancré en moi).

Je pensais donc l'affaire pliée au moment où nous nous retrouvâmes, Éloïse et moi, à l'arrière de la 2 CV de mon père. Nous étions plutôt silencieux, nous laissant bercer par la musique que diffusait le lecteur de cassettes, certainement une des chansons que mon père écoutait à l'époque – *Rivers of Babylon*, de Boney M., ou *Ex fan des sixties*, de Jane Birkin –, quand, après avoir pris l'embranchement pour l'autoroute, après le Novotel d'Orgeval, mon père nous regarda dans le rétroviseur et nous demanda si nous avions choisi le film. Comme il me l'avait préconisé, je laissai Éloïse répondre. Elle dit : « Oh, il y a un film que j'aimerais beaucoup aller voir, c'est *Le Chat qui vient de l'espace.* » La stupeur qui s'afficha sur mon visage obligea mon père à acquiescer en silence et à remettre Boney M. à fond dans la voiture. Au bout d'un moment, je l'entendis murmurer : « C'est super, ça ! *Le Chat qui vient de l'espace.* Tout un programme ! » Il me gratifia dans le rétroviseur d'une mimique censée me rassurer et dans laquelle je compris : « Ne t'en fais pas, on ira voir *Superman* mercredi prochain. »

Sur le moment, je fus quand même contrarié. Peut-être parce que j'étais fils unique et que j'avais l'habitude, sans jamais abuser de ce pouvoir, d'obtenir à peu près tout ce que je souhaitais, mais surtout parce que ça m'aurait fait plaisir d'aller voir *Superman* avec Éloïse Lane, dans ce film que je m'étais fait depuis que j'avais été informé que nous irions au cinéma ensemble.

J'aurais dû m'en douter : face à un chat, Superman ne faisait pas le poids. Dans une manœuvre désespérée, je me tournai vers Éloïse et tentai un : « Tu sais, Superman aussi il vient de l'espace. De la planète Krypton. » Elle ne fit aucun cas de ma remarque, ses lèvres bougèrent légèrement pour suivre la mélodie de *Rivers of Babylon*.

Le film était à peine passable. J'essayais de ne pas respirer trop fort pour ne pas gêner Éloïse, qui semblait se délecter de chaque seconde. À une ou deux reprises, je me laissai captiver par une action ou un gag un peu moins poussif que les autres, mais je prenais plus d'intérêt à ma place dans ce monde auprès d'une fille de mon âge qu'à ce qui se passait à l'écran.

L'argument de ce film des studios Disney est un peu le même que celui d'*E. T., l'extra-terrestre*, qui sortira quatre ans plus tard, en 1982 : le vaisseau d'un extraterrestre – ressemblant ici à un chat – s'échoue sur Terre, et l'alien, complètement déboussolé et livré à lui-même, trouve rapidement de l'aide humaine. Mais le génie de Spielberg (encouragé par ses échanges avec François Truffaut) est d'avoir fait recueillir l'alien par des enfants, et non par des adultes comme dans *Le Chat qui vient de l'espace*. C'est l'astuce scénaristique qui emporte la mise, qui tout de suite rend le film plus humain, si je puis dire.

Dans un récent documentaire, *Où est parti E. T. ? L'enfance selon Spielberg*, de Basile Roze et Émilie Valentin, Daniela Rambaldi, la fille du créateur de la marionnette d'E.T. Carlo Rambaldi, raconte que pour arriver au résultat final de l'extraterrestre son père s'est inspiré à la fois de la vibration, ce mélange d'énergie et d'innocence, dégagée par le visage d'Albert Einstein sur les photos que lui avait montrées Spielberg, et surtout du chat de la maison, une chatte himalayenne aux yeux bleus très expressifs nommée Kika, dont le peintre-sculpteur spécialisé dans les effets spéciaux a « remonté le nez, supprimé les oreilles, agrandi les yeux et conservé la forme du visage ».

Dans le couloir obscur qui nous menait vers la sortie, Éloïse me demanda comment j'avais trouvé le film. C'est le genre classique des conversations dans les couloirs obscurs qui mènent à la sortie. Ce qui est beau avec le cinéma, c'est que le commentaire est toujours réservé aux couloirs, et n'a jamais lieu pendant que l'œuvre se déroule.

« Pas mal, répondis-je. Mon grand-père a un chat, il s'appelle Poupousse.

– Nous on en a trois, j'adore les chats !

– Tu as aimé le film alors ?

– Ce n'était pas terrible, je m'attendais à mieux… Mais quand j'y repense, c'est quand même super pour ce chat d'avoir un collier qui amplifie les pouvoirs du cerveau… »

Elle laissa un silence avant d'ajouter :

« Il y a tellement de types qui auraient vraiment besoin d'un collier qui amplifie les pouvoirs du cerveau ! »

Félicette, la cosmochatte

Un chat lancé en l'air retombe toujours sur ses pattes, mais qu'en est-il d'un chat envoyé dans l'espace ?

C'est la triste mésaventure survenue à Félicette, une chatte noir et blanc prénommée ainsi en raison de sa ressemblance avec le héros du dessin animé *Félix le Chat*.

Au début des années soixante, après une batterie d'expériences impliquant des rats munis d'électrodes, le programme français de biologie spatiale décide qu'il est temps d'embarquer un félin dans une fusée. À l'époque, le médecin général Robert Grandpierre, qui supervise les travaux préparatoires du vol humain dans l'espace, proclame fièrement devant les caméras de télévision : « Nous avons commencé par le rat, et maintenant nous en sommes au chat. » Peut-être le général Grandpierre a-t-il convaincu Félicette de prendre part à l'événement en lui expliquant que des rongeurs l'avaient précédée ? L'orgueil des chats, comme celui des humains, est insondable.

En vérité, personne n'a demandé son avis à Félicette. Les dirigeants du centre d'enseignement et de recherche de médecine aéronautique ont réquisitionné quatorze chats, uniquement des femelles (ben voyons...) et leur ont implanté des électrodes dans le cerveau, interdisant aux scientifiques de leur donner un petit nom avant la mise à feu, pour qu'ils ne soient pas anéantis au cas où les pauvres bêtes seraient malencontreusement sacrifiées. L'humain est un être sensible, mais le chat n'a pas son mot à dire. Ainsi, les quatorze félins ont subi des entraînements plus proches de la torture que du parcours de santé en forêt de Saint-Germain-en-Laye, programme intensif à côté duquel la jeunesse d'Eleven dans *Stranger Things* ressemble à une histoire de la bibliothèque rose. On citera par exemple d'incessants tours de manège en centrifugeuses ou des heures d'exposition à des bruits stridents et assourdissants. Après trois mois de sévices, la chatte jugée la plus aguerrie est désignée pour s'élancer de la base du désert d'Hammaguir, en Algérie. Il est temps, pour enjoliver le spectacle, de lui trouver un prénom : Félicette.

Le 18 octobre 1963, enfermée dans une capsule de la fusée Véronique qui atteindra une altitude de 157 kilomètres, Félicette est donc propulsée vers les étoiles.

Par bonheur, elle revient saine et sauve après un périple spatial de treize minutes.

Tout ça pour constater quoi ? Que Félicette a subi une sorte de somnolence cérébrale, qui ne sera jamais constatée chez l'homme en quasi-apesanteur (mais qui peut lui être suspectée dès qu'il a les deux pieds sur terre).

Félicette sera-t-elle félicitée pour services rendus à la nation ? Récompensée pour son dévouement à toute épreuve qui aura permis à l'aéronautique française de rejoindre les États-Unis et l'URSS dans la course à la conquête de l'espace ? Autant ne pas se faire d'illusions : après un bon bol de croquettes, la chatte sera euthanasiée à l'abri des caméras afin que les scientifiques puissent récupérer les électrodes.

C'est moche. (Et, entre nous, tous les amoureux des chats savent que ces derniers sont des espions extraterrestres et qu'ils se vengeront un jour du sort cruel que certains humains leur ont réservé.)

À mille années-lumière de la fin tragique de Félicette la cosmochatte, la plus douce façon pour un chat de rejoindre les étoiles est sans doute sous le trait de crayon de l'illustratrice Judith Kerr qui, après vingt-cinq années à raconter les aventures de la chatte Mog, décide en 2002 qu'il est temps d'interrompre le voyage.

Dans *Goodbye Mog*, la chatte s'endort paisiblement, et son esprit peu à peu s'élève au-dessus de son panier. L'écriture de cette fin de vie de chat est particulièrement émouvante :

> Mog était fatiguée. Elle était morte de fatigue.
>
> Sa tête était morte de fatigue.
>
> Ses pattes étaient mortes de fatigue.
>
> Même sa queue était morte de fatigue.
>
> Mog pensait : « J'aimerais dormir pour toujours. »
>
> Et c'est ce qu'elle fit.
>
> Mais une petite part d'elle resta éveillée pour voir ce qui arriverait ensuite.

Et ce qui arrive ensuite, c'est l'âme de Mog, heureuse, qui s'élève dans l'espace familier de la maison et y demeure. C'est Mog qui continue de vivre dans la mémoire de la famille Thomas où elle a vécu heureuse tant d'années, et même après que les Thomas, malgré leur chagrin, se sont enfin décidés à adopter un nouveau chaton.

Les chats d'Astaffort et les chats d'Hemingway

Dans la cour de l'ancienne école communale d'Astaffort, transformée en résidence d'artistes par Francis Cabrel et l'association Voix du Sud, il y a, le soir venu, des chats errants qui viennent des environs. Parfois, l'un d'eux passe sa tête dans un studio de musique, un autre essaye de chiper quelque chose de bon dans la cuisine. Ce sont des chats livrés à eux-mêmes, certains sont borgnes, d'autres ont la queue coupée. Pourtant, aussi pouilleux qu'ils puissent paraître, tous gardent une noblesse dans leur attitude. Chacun d'eux a, comme l'écrivit Charles Dickens, « la sombre dignité de celui qui est perdu ».

Au départ, Rania les chassait parce qu'ils faisaient leurs besoins dans la cour ou, de temps à autre, dans les salles. J'ai essayé de l'adoucir, arguant qu'ils étaient des messagers de la création, que les chansons sont meilleures si un chat passe sa tête dans un studio de musique. Petit à petit, elle a arrêté de les chasser de façon systématique, tolérant même que j'arrive de Paris les poches pleines de nourriture pour chats. Avec Noémie, chanteuse du duo lyonnais Delacourt, nous avons réussi à en apprivoiser un. Puis j'ai proposé de nommer tous les chats errants d'Astaffort du nom d'une chanson de Francis Cabrel. En plus, Francis venait de sortir un album consacré aux troubadours, et les chats errants sont les amis des troubadours : ils ont souvent le ventre vide et le cœur en souffrance.

Dans la cour de l'école d'Astaffort, au 1 rue Plapier, vous pouvez donc faire la connaissance du chat Octobre, de la chatte Petite Marie, d'Hors-saison, de Corrida, ou de Rosie. Quant au chat borgne, nous l'avons appelé Sarbacane.

Pourquoi les chats errants sont-ils si esquintés ? Parce que les humains sont des êtres cruels et que la sécurité dans ce bas monde n'est jamais acquise ; et parce qu'il y a parfois des imbéciles qui s'amusent à tirer à la carabine à plomb sur eux.

Un article de *La Dépêche* daté de 2018 relate que dans la région de Toulouse pas moins de six chats se sont fait tirer dessus sur une période de dix jours. Le vétérinaire témoigne : « Hier, les pompiers nous ont appelés parce qu'un chat avait reçu une flèche. Il y a aussi les plombs de 4,5 mm ou les balles de 22 mm. Dimanche, j'ai soigné un chat qui vit à Fontenilles. Il a reçu une balle dont les fragments ont traversé le fémur. Hier, on a dû amputer sa patte. » Un autre article daté d'août 2022 raconte la mobilisation des habitants de Flourens qui « dénoncent les actes de cruauté commis envers leurs chats, victimes de tirs à la carabine et de coups violents ».

L'autre jour, la cousine de mon amie Sarah me montre la plainte qu'elle est allée déposer à la gendarmerie. Elle avait remarqué que son adorable petit chat roux baptisé Tigrou boitait, et les radios ont révélé qu'il avait été atteint par un plomb logé dans le coude.

Si vous tenez ce livre entre vos mains, ce genre d'information vous révolte certainement autant que moi. Et probablement que, sans être d'une nature méchante, vous aimeriez parfois que toutes les malédictions de Toutânkhamon s'abattent sur les crétins qui n'ont rien trouvé de mieux à faire que de déverser leur haine sur les chats. Peut-être que leur compte Twitter était temporairement bloqué ce jour-là et qu'ils ont dû trouver un autre moyen de répandre leur fiel et tirer à vue ?

Dans mon minuscule appartement, je n'ai pas assez de place pour accueillir tous les chats blessés ou affamés que je rencontre et cela m'attriste vraiment, alors je rêve que mes romans se vendent comme des petits pains (ou des best-sellers), ce qui me permettra d'acheter une grande maison où je pourrai accueillir les chats abandonnés.

C'est ce qu'a fait Hemingway dans sa maison de Key West, en Floride. Une propriété qui, du vivant de l'auteur, a servi d'abri à une centaine de chats. Aujourd'hui, la maison, devenue le musée Hemingway, abrite environ soixante chats polydactyles (qui ont un nombre d'orteils supérieurs à la moyenne). Plusieurs de ces chats sont des descendants directs de Snow White, le premier chat polydactyle qu'a adopté Hemingway et qui lui a été offert par un capitaine de navire. Sur le site du musée, on peut lire : « Hemingway baptisait chacun de ses chats d'après des personnes célèbres et nous maintenons cette tradition aujourd'hui. Les chats sont capables d'apprendre leur nom et d'y répondre, en particulier s'ils ont un lien d'affection avec la personne qui les appelle. »

Finalement, c'est un peu ce que nous avons fait, sans le savoir, avec Rania et Noémie, en nommant les chats d'Astaffort d'après des titres de chansons de Francis Cabrel. Nous avons donné beaucoup d'affection à ces chats errants qui ont passé la tête dans l'embrasure de nos vies.

P.S. : pardon, Rania, pour les petites crottes entre le piano, l'ampli et la guitare.

Celui qui n'aimait pas les chats

Dans le documentaire *L'Abécédaire de Gilles Deleuze*, Claire Parnet, la journaliste qui interviewe avec malice et érudition le philosophe, décide pour la lettre A de commencer par le mot « Animal ». Elle s'interroge sur le désamour de Deleuze pour les chats et les chiens – ironique, quand on sait que Deleuze s'est fait connaître du grand public pour son livre *L'Anti-Œdipe*, écrit avec un certain Félix (Guattari).

Deleuze évoque d'abord le cri du chien, qu'il trouve abject – comparé sans doute au chant mélodieux du pinson ou du rossignol. Il se fend même d'une punchline redoutable : « L'aboiement, c'est vraiment la honte du règne animal. »

En ce qui concerne les chats, il répond qu'il en a toujours eu dans son entourage, mais à contrecœur, pour faire plaisir aux enfants. Il raconte qu'un jour, à la campagne, sa fille est arrivée en tenant dans ses bras un chaton trouvé au bord de la route. Pas d'autre choix que de prendre soin de l'adorable petite créature esseulée.

Un chaton dans les bras, c'est une ruse de Sioux. C'est d'ailleurs par cette manœuvre habile que le roi des Perses Cambyse II conquit en 525 avant J.-C. une partie de l'Égypte. Connaissant la vénération des Égyptiens pour ces félins – dans l'Égypte ancienne, on condamnait à mort quiconque avait occis un chat –, Cambyse ordonna à son armée d'avancer vers l'ennemi en attachant plus de six cents chats à leurs boucliers. Le siège fut long : imaginez-vous, mettre le grappin sur six cents chats ! Une fois l'assaut lancé, les Égyptiens n'osèrent se défendre et repousser les Perses de peur de tuer les chats. Ils laissèrent ainsi entrer dans leurs cités leurs redoutables ennemis, qui les envahirent sans faire de quartier.

Que sont devenus les chats une fois les boucliers baissés ? Les manuels d'histoire ne le disent pas. Quant à la fille de Gilles Deleuze, elle est venue à bout de la résistance de son philosophe de père, et celui-ci a dû se résigner à vivre avec un chat à la maison. Mais pourquoi ce désamour ? interroge à nouveau Claire

Parnet après le récit de cette anecdote. La réponse est sans appel : « J'aime pas les frotteurs ! »

Celui qui mettait des chats partout

Au début des années quatre-vingt-dix, pour valider ma deuxième année de fac, je devais faire un stage. Grâce à ma tante Madeleine, du côté paternel, j'atterris dans une unité de programme de France 3, où j'assistais les équipes qui partaient en reportage. Un après-midi, j'accompagnai un journaliste culture qui devait interviewer un grand écrivain. Ce dernier habitait dans un petit appartement du sixième arrondissement et avait deux crocodiles empaillés qu'il avait baptisés Presse et Télévision.

Dans les médias, c'était la grande époque de la condescendance, les gens adoptaient un air dilettante en tout pour se donner du style. Faire preuve de sincérité, de curiosité, comme d'un minimum de bienveillance, était malvenu. Après avoir essayé de soutirer quelques anecdotes inédites au grand écrivain, le journaliste finit par lui demander d'un air pinçant : « Qu'est-ce qui, selon vous, explique votre succès ? »

L'écrivain ne sembla pas remarquer l'attitude un peu méprisante du journaliste, qui transpirait pourtant le « je pourrais très bien en faire autant ». Il réfléchit sérieusement à la question posée et finit par répondre :

« Je ne sais pas comment l'expliquer. À vrai dire, j'en suis le premier étonné. Disons que j'ai fait voyager mes lecteurs. Je les ai embarqués à chaque livre vers une destination différente.

– Vous êtes donc un grand voyageur ?

– Pas le moins du monde. Je suis bien chez moi. Je n'ai jamais visité aucun des pays qui ont servi de décor à mes romans.

– Vous plaisantez ? s'étonna le journaliste.

– Pas du tout. J'ai trouvé une astuce. J'ai mis des chats à chaque fois. Que l'intrigue se déroule en Grèce, à Londres ou à Manille, il y avait toujours à un moment une bande de chats vagabonds qui passait. Un chat est si charmant qu'il suffit, dans une description d'un ou plusieurs paragraphes, d'en faire passer un pour que les lecteurs se focalisent dessus.

Les paysages n'existent plus à partir du moment où votre lecteur est attendri par l'apparition d'un chat. Parfois, j'utilise d'ailleurs des expressions identiques d'un livre à l'autre : un chat qui apparaît au coin d'une rue, ou sur un mur. »

En l'écoutant, je pensais aux studios Disney, qui ont réutilisé plusieurs de leurs animations pour leurs films – certaines danses sont les mêmes, plan par plan, dans *Robin des Bois* et *Blanche-Neige*, ou *Robin des Bois* et *Le Livre de la jungle*. Je me souvenais aussi que le chat est le compagnon de prédilection des grands écrivains. Alors, je décidai de sortir de ma réserve de stagiaire et de poser une question, au grand dam du journaliste. « Pourquoi les chats sont-ils très souvent associés aux écrivains ? »

Le grand écrivain réfléchit à nouveau et se tourna vers moi pour me dire : « C'est très simple. Le goût du mystère, évidemment, de l'instinct et de l'insondable. Et puis, l'écrivain et le chat sont toujours aux aguets. Sur le qui-vive. Entre le bruit et le silence, l'écrivain guette la phrase. C'est d'ailleurs une question de phrases. D'intrigue, je ne crois pas. Les intrigues, on s'en fout un peu. Mais les phrases… Une phrase doit toujours retomber sur ses pattes. Il n'y a rien de plus beau qu'une phrase acrobatique, balancée comme il faut, audacieuse et aérienne, qui prend des tours inattendus, qui s'appuie sur des virgules pour rebondir, trouver le chemin le plus inaccessible, et soudain, eh bien voilà, retomber sur ses pattes. »

Le scribe et le sphinx

Les écrivains aiment les chats. Sur leurs genoux et dans leurs livres. Envient-ils leur souplesse, leur constance, leur agilité, leur aquoibonisme ou leur dextérité au moment de retravailler un chapitre ou de corriger des épreuves ? Ce qui se joue dans leur relation particulière, c'est l'association magique du scribe et du sphinx. Celui qui écrit, celui qui garde les mystères.

On sait que Colette aimait se déguiser en chatte, comme elle l'avait fait pour le spectacle de music-hall *La chatte amoureuse*. Elle avait une affection particulière pour les chartreux à la peau bleutée, et a mis tous les chats de sa vie dans ses livres ; on pourrait très bien dresser une *timeline* de ses romans d'après ses chats, comme il en existe une pour l'ordre dans lequel on doit regarder les films de l'univers Marvel.

Helen Gurley Brown, romancière féministe et directrice emblématique du magazine *Cosmopolitan* dans les années soixante, s'adressait aux êtres qu'elle affectionnait le plus en les appelant chaleureusement « Pussycat ». Elle avait pris l'habitude de dessiner un chat à la place de sa signature.

Dans un autre registre, Raymond Chandler, l'auteur du roman policier *Le Grand Sommeil*, a appelé son chat « la secrétaire », justifiant ce surnom dans une lettre au critique littéraire James Sandoe. « Cette chatte noire persane âgée de quatorze ans n'arrête pas de me tourner autour chaque fois que je commence à écrire, s'asseyant habituellement sur la feuille de papier que je veux utiliser ou la copie que je veux réviser, parfois bondissant contre la machine à écrire, et parfois regardant juste tranquillement par la fenêtre depuis un coin du bureau, l'air de dire : le truc que tu écris, l'ami, est juste une perte de mon temps ! »

Stephen King, maître de l'horreur et du fantastique, vit entouré de nombreux chats. Il a transformé l'infinie tristesse éprouvée par la perte d'un de ses félins préférés, Smucky, en écrivant le roman d'épouvante *Simetierre.* Dans ce livre bien flippant, le chat de la famillle Creed, après avoir été heurté par une voiture, est enterré sur les vestiges d'un cimetière indien. Le lendemain, il réapparaît dans la salle de bains familiale.

L'écrivain américain Charles Bukowski, dont le caractère irascible et bourru s'apparente plutôt à celui d'un ours, vouait une adoration quasi métaphorique aux félins. Dans une lettre à son ami Carl Weissner, il confesse : « Je n'aime pas l'amour comme une commande, une recherche. L'amour doit venir à vous comme un chat affamé à votre porte. »

Dans un de ses poèmes, simplement intitulé « Chats », il écrit :

> Ils marchent avec une dignité surprenante,
>
> Ils s'endorment avec une simplicité directe que les humains ne peuvent comprendre [...].
>
> Je les regarde et j'apprends d'eux. J'aime le peu qu'ils savent, qui est beaucoup. Ils se plaignent, mais ne s'inquiètent jamais.

En est-il ainsi des écrivains ? Se plaindre (de la page blanche, du manque d'inspiration, de la traversée dont on ne voit pas le bout que devient parfois l'aventure d'un livre, des retombées insignifiantes comparées à l'engagement et à l'effort fournis), mais ne jamais s'inquiéter…

Le poème de Bukowski se termine ainsi : « J'étudie ces créatures, elles sont mes professeurs. » Tout, dans cet aveu, renvoie à la complicité intense et silencieuse du scribe et du sphinx.

John Lennon et les chats

Quand on parle des Beatles, il est fréquent de dire que Paul et John s'entendaient comme chien et chat, Paul étant plutôt canin, John félin. Paul a d'ailleurs consacré à sa chienne Martha la chanson *Martha My Dear*, dans l'*Album blanc*. Sur une parodie de la célèbre photo d'*Abbey Road*, on le voit traverser le même passage piéton avec Martha tenue en laisse, entraîné par l'animal fougueux, un peu comme il aura essayé, s'essoufflant au bout d'une poignée d'années, de tenir le groupe après le décès prématuré de leur manager Brian Epstein en 1967.

À partir de ce moment-là, John montre un certain détachement, une position désinvolte et souveraine. Son tempérament de chat s'affirme, lui qui affiche son indépendance tout en restant dans les parages, n'hésitant pas à donner un coup de griffe de temps à autre.

Déjà sa chanson de 1966 *I'm only sleeping*, qui se trouve dans l'album *Revolver*, pourrait être écrite du point de vue d'un chat :

Please don't wake me
No, don't shake me
Leave me where I am
I'm only sleeping
Keepin' an eye on the world going by my window
Takin' my time

S'il te plaît, ne me réveille pas
Non, ne me secoue pas
Laisse-moi où je suis
Je suis juste en train de dormir
Je garde un œil sur le monde qui file par ma fenêtre
En prenant mon temps

John a toujours vécu parmi les chats. Le premier, il l'a prénommé Elvis, en hommage au chanteur américain incontournable de son enfance. Après son mariage avec Cynthia, ils ont adopté de nombreux chats, dont un baptisé Jésus en référence à la phrase de John sur le fait que les Beatles étaient plus populaires que le Christ, phrase qui avait déchaîné l'ire de l'Amérique conservatrice et entraîné les membres du Ku Klux Klan à brûler les disques du groupe.

Peu avant sa mort, John adopte un chat blanc qu'il prénomme Salt et un chat noir, Pepper. C'est en comprenant mal les mots « *salt and pepper* » dans une conversation que Paul avait cru qu'il était question d'un certain « Sergeant Pepper » et commencé à mûrir le projet de l'album culte sorti en 1967.

L'un des chats favoris de John était un bleu russe prénommé Alice. D'après le site new-yorkais Gothamist, Alice est morte en tombant d'une fenêtre du Dakota Building, où résidait la famille Lennon. Sean Lennon, qui était présent au moment de l'accident, a déclaré que c'est la seule fois de sa vie où il a vu son père pleurer.

Je pense sérieusement que l'on pourrait écrire une histoire des Beatles, du moins de Paul et John, sous l'angle du chien et du chat. Même le « *Lost Weekend* », ce moment où John quitta Yoko en 1973 pour s'enfuir avec la sublime May Pang à Los Angeles (le week-end durera dix-huit mois) avant de revenir à New York vers sa femme, atteste de son caractère de chat se déployant aussi bien dans l'escapade que le retour à la maison.

Il y a quand même un peu du chat aussi chez Paul, quand on y pense. Il suffit d'écouter la ligne de basse de *Penny Lane* : elle évoque davantage le déplacement d'un chat sur les toits d'un quartier de Liverpool que l'aboiement guttural du chien qui s'agite dans sa niche.

Une compilation étonnante et désormais culte parue en 1993, sous le nom de *The Exotic Beatles*, propose les reprises les plus inattendues jamais produites des chansons des Beatles. On y découvre ainsi William Shatner, le capitaine Kirk de *Star Trek*, déclamer *Lucy in the Sky with Diamonds* sur un ton shakespearien, tandis que le chœur masculin de la police métropolitaine de New York s'attaque à *When I'm Sixty-Four*. Sous le nom de groupe The Beatles Barkers (« Les Beatles aboyeurs »), la chanson *We Can Work It Out* est interprétée par des miaulements de chats et des aboiements de chiens.

Les êtres et leurs branches

J'avais rencontré X lors d'une fête. Son visage m'avait fasciné, sa paupière droite qui tombait légèrement sur son œil. J'avais dit à un ami commun, ce n'est pas tant la couleur de ses yeux qui me plaît que la manière dont sont dessinées, croquées, ses paupières. (À vrai dire, avec mes camarades, c'était le genre de conversation qui me mobilisait le plus : orienter le sujet sur une fille que nous connaissions, ou que nous avions rencontrée, et tenter d'approcher ainsi un peu de son essence, faire territoire de plusieurs points de vue.)

Par bonheur, mais aussi parce que Paris, qui n'est constituée que de petites îles relationnelles, permet ce genre de choses, je l'avais revue peu de temps après. Sur les bases de la première rencontre, nous avions parlé davantage en cette deuxième circonstance. Dès lors, je m'étais dit que je ferais tout ce qui était en mon pouvoir pour la revoir une troisième fois, pour coucher avec elle, devenir et demeurer son petit ami. Je mis plus de temps que je ne l'espérais – parfois, il faut savoir laisser le temps prendre la parole. Je parvins à ce que j'avais désiré le plus au monde lors d'une sixième ou septième rencontre. Pour autant, les choses ne tournèrent pas à l'avantage de notre histoire. Je me retrouvai fort embarrassé, dépossédé de l'élan qui m'avait fait bondir le cœur, et c'est alors que je pensais à un des chats que j'avais eu le loisir d'observer dans ma jeunesse.

Ce chat avait longtemps tourné autour d'un arbre dans le jardin. Une fois, deux fois, trois, quatre et cinq, avant de demander sagement à rentrer bien au chaud. S'assoupir et, peut-être, rêver de cet arbre. Et puis, un beau matin, il avait bondi sur l'arbre, s'était perché sur une des branches, avant de se trouver bien bête, miaulant de tout son soûl pour redescendre. J'avais vécu la même mésaventure. Ayant obtenu ce que j'avais tant désiré, je ne savais plus comment m'y prendre avec ce bonheur, comment habiter cette altitude à la fois simple et compliquée. J'étais sur une branche et je voulais juste, je crois, retrouver la terre ferme.

Françoise et les chats de la rue Victor Hugo

Françoise a plus de quatre-vingts ans et, depuis près de trente ans, elle arpente à la nuit tombée la rue Victor Hugo avec un caddie rempli de nourriture pour donner un repas à tous les chats errants, abandonnés ou nés sans personne pour se soucier de leur sort.

En France, Victor Hugo aurait deux mille cinq cent cinquante-cinq rues, avenues, boulevards ou places à son nom. Combien de chats sans nom livrés à eux-mêmes ? Dans la rue Victor Hugo qu'arpente Françoise, il y en a au moins une dizaine. Ils ont été laissés là, dans les jardins de résidences louées en Airbnb, inoccupées en morte saison. Il n'y a que Françoise et sa petite retraite d'à peine 700 euros pour s'occuper d'eux, inlassablement, avec abnégation. Elle me raconte qu'il lui est même arrivé d'être dénoncée à la police municipale car elle pénètre sans autorisation dans les jardins des propriétés.

Avec mon amoureuse, quand nous passons par-là, nous prenons le relais de Françoise et nourrissons trois chats abandonnés que nous avons baptisés Duchesse (la maman), O'Malley (le frère de Duchesse) et FronFron (le chaton de Duchesse). Je sais, FronFron n'est pas un personnage des *Aristochats*, mais que voulez-vous, parfois des noms un peu bizarroïdes me traversent l'esprit.

Je rêve de les adopter mais n'ai guère la place et je crains que partager son petit espace ne détériore l'équilibre de Mitsy, tout en rendant malheureux ces trois autres chats qui ont l'habitude de vivre au grand air dans un jardin agrémenté de cachettes, d'arbustes, de thuyas et d'une cabane sommaire où se planquer. Ils sont très méfiants, ne s'aventurent pas sur la rue, font la fête à Françoise quand elle arrive, et à nous aussi maintenant qu'ils ont compris que nous les nourrissons et les considérons avec amour et bienveillance. Ça devient un sacré budget de s'occuper de tous ces chats – je dois rendre grâce à mes voisins, Lynda et Jean-Denis, qui laissent souvent dans le hall des sacs remplis de boîtes de nourriture destinés à

Duchesse, FronFron et O'Malley –, pourtant, je ne peux faire autrement que de leur apporter un peu de réconfort et de bonnes choses à manger quand j'y passe.

Vous allez trouver ça idiot, mais ces chats sauvages et familiers ne peuvent pas entendre que je les aime, alors je le leur prouve en m'occupant d'eux. (Cela me fait penser à la relation que j'entretenais avec mon père : j'étais trop pudique pour lui dire que je l'aimais, alors quand j'ai acquis mon indépendance – en quelque sorte –, je lui apportais toujours ce qu'il aimait le mieux pour déjeuner, lorsque je rentrais le week-end. C'était ma manière à moi de dire les choses. Je ne sais pas pourquoi je pense à mon père au moment où j'écris sur Françoise et les chats de la rue de Victor Hugo. Il y a, de temps en temps, des choses qui nous mobilisent tout entier, et entrent en concordance avec tout ce qu'on a sur le cœur.)

Il a fait si froid début février. Duchesse s'est faufilée à l'intérieur d'un des appartements et, une fois les locataires partis, s'est retrouvée prisonnière. Françoise ne l'avait plus vue depuis des jours, son chaton était complètement désorienté et miaulait désespérément. Nous avons entendu une plainte continue en provenance d'un des appartements et découvert Duchesse à une des fenêtres, pleurant et appelant désespérément à l'aide. La police municipale s'est démenée pour joindre les propriétaires, a envoyé une patrouille pour tenter de délivrer le chat sans effraction… On nous a vivement déconseillé de casser un carreau et aucun serrurier n'acceptait d'ouvrir en l'absence des propriétaires. Nous sommes parvenus à glisser un peu de nourriture et d'eau sous une des portes et avons décidé de patienter vingt-quatre heures, dans l'espoir que quelqu'un vienne séjourner dans l'appartement pendant les vacances de février. S'ensuivirent des moments et des nuits d'angoisse, à nous sentir désemparés et impuissants, des jours d'inquiétude qui coïncident aussi avec les moments d'écriture de ce livre, de cette page. Nous avons placardé des messages et, par bonheur, la femme de ménage a appelé. Cela faisait trois semaines qu'elle nettoyait les poils et les déjections laissés par Duchesse, trois semaines qu'elle essayait de faire sortir la chatte qui, très farouche, se dérobait à chacune de ses tentatives. Dès son appel, nous nous sommes précipités vers la maison et avons réussi à faire sortir Duchesse qui a bondi par une fenêtre grande ouverte. Un grand ouf de soulagement ! Et la sensation d'avoir sauvé plus qu'un chat. L'impression de respirer à nouveau après plus de quinze jours difficiles, où rien n'allait vraiment.

Noël en temps de crise

Il n'y a plus de neige à Noël à cause du réchauffement climatique et s'il y en a, c'est en tempête ; il n'y a plus de neige douce que dans les rêves ou les souvenirs. Il y a moins de cadeaux aussi, en raison de la crise et de l'inflation, véritables Tchantchès et Nanesse du monde actuel, qui prennent leurs quartiers en toute saison. Pour les chats, tant qu'il y a du papier d'emballage, c'est Noël. Et même si le prix du papier d'emballage excède celui du cadeau, le chat ne verra pas la différence.

Même en temps de crise, vous pouvez faire plaisir à votre chat. Plutôt que de lui acheter un joujou onéreux, une libellule qui bat des ailes ou une peluche bourrée d'herbe à chat qui le rendra dingue trois minutes mais dont il se désintéressera la seconde d'après, offrez-lui du papier cadeau emballé dans du papier cadeau !

Le voisin qui s'est « occupé » du chat

Ma mère n'a jamais voulu que nous ayons un chat à demeure. Il y avait bien des chats dans la maison de mes grands-parents maternels, dont le chat Poupousse qui avait pris ses quartiers dans le grenier, mais ma mère les appelait des « bêtes à chagrins » car elle avait peur que je ne m'attache et sois inconsolable au cas où il arriverait malheur au petit animal. Il est vrai que le jardin de notre maison dans les Yvelines donnait sur une rue en virage sans aucune clôture pour en prévenir les dangers ; des voitures pressées ou des motos vrombissantes dépassaient souvent la vitesse autorisée. Il est vrai aussi que je suis d'un tempérament inconsolable. Inconsolable de l'instant trop fugace, du moment que j'ai laissé partir sans l'habiter réellement, des baisers que je n'ai pas reçus ou donnés, de la mort des gens que j'ai aimés comme s'ils ne pouvaient jamais mourir, inconsolable de tout un tas de trucs, la liste serait infinie. Écrire des livres, tant qu'ils sont lus, permet sans doute d'atténuer un peu cette propension à être dans le clan des gens inconsolables par nature. Je pense que si j'avais recueilli un chat dans ma petite enfance et que je l'avais vu partir, comme on dit, j'aurais eu un chagrin si fort que mes larmes auraient pu remplir trois de ces lacs artificiels au bord desquels des foules de personnes aiment venir s'étendre sur des serviettes de bain les étés de canicule. On aurait même pu en faire un sujet pour les journaux télévisés : « Vous savez, ce lac près de la Seine où les gens viennent faire de la barque, pêcher, ou nager en été, eh bien, il a été rempli avec les larmes de ce garçon qui a perdu son chat. »

Quand mon père est mort et que ma mère est restée seule à la maison, il a été question de recueillir un chat abandonné par d'autres, mais cette fois ma mère a objecté que c'était trop tard, qu'il ne lui restait (à elle) sans doute pas longtemps à vivre et que ce serait cruel pour un chat abandonné de l'être une seconde fois. J'ai essayé de me révolter contre cette idée – il faut dire que je ne croyais pas à la possibilité que ma mère disparaisse. Je lui téléphonais tous les soirs à 18 heures. Souvent, je la rappelais à 20 heures en inventant un prétexte puis, quand j'étais chez moi, je pouvais l'appeler encore une fois vers 22 heures. (Je suis éternellement reconnaissant à Steve Jobs d'avoir inventé l'iPad et Facetime quelques années avant que ma mère ne décède et que nous ayons pu en profiter.)

Aujourd'hui, mon amoureuse et moi avons recueilli Mitsy, qui avait été abandonnée dans un carton en lisière de forêt. Mais quand je tombe sur des annonces de refuges qui proposent des chats à l'adoption en disant que leur propriétaire est décédé, de grande tristesse mon cœur se fend.

À la fin de la vie de ma mère, cependant, un petit chat roux qui vagabondait dans le domaine venait régulièrement lui rendre visite. Elle ne le laissait pas entrer dans la maison, mais elle le nourrissait. Le chat grimpait sur ses genoux quand elle s'installait dans le jardin, et il la suivait partout, se frottait à ses jambes quand, munie de son arrosoir, elle faisait le tour de ses plantes préférées. Le problème est que, n'appartenant à personne, il allait aussi manger chez le voisin, se faufilait chez lui quand le garage était ouvert et piochait dans la gamelle de ses chats. Or le voisin n'appréciait pas qu'un autre chat que les siens vienne fouiner chez lui. Alors, un après-midi, il est venu sonner chez ma mère et lui a annoncé : « Vous savez, le petit chat roux qui traîne dans le coin et qui embête toute le monde ? C'est fini ! Il n'embêtera plus personne ! Je m'en suis occupé. »

Le chat de tante Jacqueline

Ma mère avait trois sœurs. C'est l'une d'entre elles, Jacqueline, qui a récupéré la maison de Gibecq, en Belgique, après le décès de mes grands-parents. À la mort de Jacqueline, je regrette de n'avoir pas eu les moyens de garder la maison. Qu'en aurais-je fait ? Une maison pour écrire ? Une résidence pour écrivains ? Ou rien qu'un sanctuaire pour mon enfance enfuie…

L'autre jour, j'étais si triste avec cette enfance séparée de moi, dont tous les témoins avaient disparu, que je suis entré dans un magasin de jouets pour acheter un plateau de jeu Lego. Je m'étais dit à Noël que j'allais reconstruire avec des Lego la maison perdue de Gibecq, peut-être pas comme elle était vraiment, mais du moins à l'identique de mes souvenirs de petit garçon.

Cette maison, je l'ai toujours connue habitée par des chats. Poupousse, le chat noir dont j'ai déjà parlé, et d'innombrables chats qui traversaient les pièces, venaient grignoter les restes d'un repas de famille, s'en retournaient chasser une musaraigne, filaient au grenier et réapparaissaient dans le jardin après s'être faufilés sur le toit par une tuile brinquebalante. Il y avait toujours un chat qui restait plus à demeure que les autres. Le plus casanier de tous les aventuriers. Voilà ce qu'on pourrait dire de moi par ailleurs, puisque ce que je préfère dans l'aventure, c'est rentrer à la maison. Quand j'étais enfant, j'avais beaucoup d'amis mais rien n'était plus doux, quand j'allais jouer chez l'un d'entre eux, que l'instant où mon père ou ma mère venait me chercher. Il y a un moment où je me détachais du jeu pour attendre, espérer, guetter comme peut le faire un chat, que l'on vienne me chercher pour rentrer à la maison.

Quand le dernier chat qui vivait à demeure dans la maison de Gibecq est mort, j'ai demandé à tante Jacqueline pourquoi elle n'en adoptait pas un autre, pourquoi elle ne couvrait pas des mêmes attentions un des chats errants qui, de temps à autre, venaient fureter dans les parages. Sa réponse m'est restée en mémoire : « Tu sais, un jour, le chat s'est caché au fond de la camionnette d'André, qui devait aller jusqu'à Soignies pour une livraison. Une fois arrivé, il a bondi hors de la camionnette et s'est carapaté dans la nature, effrayé par le voyage. André n'a pas réussi à le récupérer. Eh bien, après quelques heures, le chat est revenu à la maison. Quasiment au moment où André passait la porte pour m'annoncer la triste nouvelle. Il avait fait tout le trajet de Soignies jusqu'à Gibecq. Tu comprends qu'après sa mort je n'aie pas eu envie d'avoir un autre chat. »

Le retour à la maison

Dans *Abandonner un chat*, Haruki Murakami brosse un portrait poignant de son père à partir d'une anecdote toute simple : un jour, ils partent ensemble à vélo, ayant décidé d'abandonner un chat à des kilomètres de leur domicile. Murakami précise qu'à cette époque la pratique était courante, pas aussi impensable qu'aujourd'hui, les gens abandonnaient les chats dès que ceux-ci devenaient un fardeau au quotidien. (Si vous, en lisant ces lignes, et moi, en les écrivant, nous nous disons « Mais non ! » et avons le cœur serré, c'est que nous ne sommes pas ici par hasard, n'est-ce pas ?)

Ils laissent donc le chat près d'une plage et font chemin inverse sans se dire un mot, aussi tristes que résignés, et au moment où ils s'apprêtent à franchir le seuil de leur maison, voilà qu'ils sont accueillis par ce même chat ! L'auteur écrit : « La chatte nous avait devancés. Je n'arrivais pas à comprendre comment elle avait pu galoper ainsi. Parce que, tout de même, nous étions à vélo ! [...] Je me souviens encore de la stupéfaction qui s'est peinte alors sur le visage de mon père. Mais cette expression s'est vite transformée en admiration et finalement en une sorte de soulagement. Après quoi, il a été décidé que nous garderions la chatte. Elle le méritait bien, après tout le chemin qu'elle avait parcouru. »

Dans *Les Aristochats*, il est sans cesse question de maison. Duchesse et ses trois chatons, après avoir été kidnappés et abandonnés loin de leur luxueuse résidence parisienne, n'ont qu'un projet : rentrer à la maison. Les voici rapidement aidés par Thomas O'Malley, le chat errant, qui ne connaît pas la perspective aimante et chaleureuse d'un foyer. « Le monde est mon jardin », claironne fièrement O'Malley. Ce à quoi Duchesse et ses chatons répondent par la phrase emblématique du film *Le Magicien d'Oz* : « *There's no place like home.* »

Ici se rejoue l'antique histoire d'Ulysse, le retour à la maison raconté par Homère à l'époque où la

Méditerranée fascinait par le circuit labyrinthique de ses îles innombrables, la leçon captivante de la mer, mélange flamboyant de proximité et d'infini. L'art subtil des studios Disney est d'associer cette notion de retour à la maison non pas tant à un lieu, une habitation, qu'à une relation affective, un lien privilégié entre le chat et l'humain.

Quand la chatonne Marie dit avec tristesse « Si seulement on était à la maison avec Madame », Duchesse lui répond aussitôt : « Pauvre Madame, elle va être si inquiète quand elle va découvrir que nous ne sommes plus là. » Comme le chante Edward Sharpe and the Magnetic Zeros dans leur titre *Home* :

> Oh, home, let me come home
> Home is wherever I'm with you.

Le chat attend votre retour. Il l'espère, complote en secret et s'y prépare. Où que vous soyez, il affirme qu'il existe une maison pour vous, un foyer là où il se trouve.

Quatre écrivaines et leurs chats

Si vous voulez être écrivain, ayez des chats.
Aldous Huxley

Sans doute n'y a-t-il rien d'étonnant à ce que quatre des autrices contemporaines dont l'écriture et la présence me happent, me stimulent et m'enchantent soient des filles qui ont une relation particulière avec les chats. Stéphanie leur a même, elle aussi, consacré un éloge. J'ai donc, à chacune d'entre elles, décidé de poser quatre questions auxquelles elles ont répondu quasi instantanément, ce dont je les remercie.

Autant ma chatte Mitsy est prête à réduire en bouillie les pages de certains auteurs, autant elle traitera toujours avec la plus grande précaution les romans de Stéphanie Hochet, Line Papin, Sigolène

Vinson et Adeline Fleury, et pourra même choisir d'aller ronronner à l'endroit où ils sont rangés.

Quand je lui demande quel est le chat qui l'a le plus marquée, Line me parle tout de suite de Nidoqueen. C'est un chat de République tchèque qu'elle a adopté au Vietnam quand elle avait sept ans, un chat tricolore avec de longs poils. Aujourd'hui, Line vit avec Marceline, qui l'accompagne surtout en renversant des tasses de thé sur ses manuscrits, en marchant sur son clavier ou en s'allongeant sur ses carnets. Malgré cette apparente désinvolture, Marceline a appris à Line une chose essentielle : observer la réalité, être dans une temporalité beaucoup moins rapide que la nôtre. « Mon chat m'apprend à sortir des concepts humains (planning, avenir, croire en un espace-temps quadrillé). Il m'apprend à prendre le temps de ne rien faire. »

Le chat le plus important de Stéphanie a aussi été son dernier. « Il s'appelait Manolo, c'était un gros chat tigré que j'avais adopté. Il avait été confié à un vétérinaire qui avait été marqué par son appétit – un jour, on l'avait retrouvé tout entier fourré dans le grand sac de croquettes qui servait à alimenter les chats hospitalisés. Manolo avait développé, depuis ses premiers moments de vie sur Terre, une faim pantagruélique. D'un naturel calme et gentil, il pouvait devenir un véritable hooligan quand venait l'heure du repas. Si la gamelle ne se remplissait pas assez vite, Monsieur montait sur la table et faisait tomber les objets d'un coup de patte agacé. On ne plaisantait pas avec la nourriture. Grand, musculeux, la tête bien épaisse et les yeux séducteurs, ce fauve d'appartement était un chasseur hors pair, ça se voyait d'ailleurs quand on jouait avec lui – impossible d'éviter son coup de patte rapide. Mais ce mâle alpha savait aussi être à l'écoute. Manolo m'a accompagnée dans l'écriture de mes premiers textes. Je n'étais pas encore une autrice publiée. Il était là. Les chats ont une tendresse particulière envers les écrivains. Ils aiment leur calme et leur présence. »

Sigolène, elle, m'a parlé de Fidji, une chatte tigrée qui ressemble encore à un chaton bien qu'elle ait onze ans. « Elle est importante parce qu'elle est venue à moi. C'était à Martigues. C'est une chatte qui avait fait plusieurs maisons. Son carnet de santé a fait le tour du voisinage, et elle a fini par décider de rester avec moi. Elle miaule beaucoup, il y a entre nous une communication évidente, c'est une chatte qui peut être à la fois présente et absente. Elle sait se promener loin, on sait la perdre pendant quatre heures d'affilée, même la nuit, et elle revient toujours. C'est ça qui est fascinant chez certains chats. On se dit qu'ils nous quittent pour toujours revenir. Quand nous avons déménagé, Fidji est venue avec nous et elle a su parfaitement s'adapter à la nouvelle maison. » Les souvenirs que Sigolène partage avec moi sont aussi liés à l'enfance, parce que les premiers chats qu'elle a vus et côtoyés, ce sont les chats errants de Djibouti, à la corne de l'Afrique : « Leur beauté n'est pas évidente. Ils sont tous pelés, à la rue, avec un côté chat abyssin donc très maigres, hauts sur pattes, le crâne un peu écrasé sur le dessus, et généralement ils sont dans la survie. Beaucoup de chatons sont mangés par les corneilles. Mais la beauté simple, pour moi, ce sont ces chats abyssins au crépuscule. Des chats errants dans une lumière particulière sur une route terreuse, sous le ciel étoilé de Djibouti, à la dernière limite de l'hémisphère nord. »

Le premier chat d'Adeline, baptisé Cadix en hommage à sa ville favorite, en Andalousie, est arrivé dans son quotidien en été. « J'avais vingt-deux ans.

Nous l'avons trouvée dans une maison normande, elle était la plus petite de la portée, gris et noir avec le bout du nez rose et des yeux jaunes tirant sur le vert. Pour se faire remarquer, elle a sauté dans le pot de fleur. Ce jour-là, elle n'était pas encore sevrée donc j'ai dû attendre un bon mois avant de la ramener chez moi. J'ai dormi la première nuit avec elle, et j'ai senti sa petite masse remonter mon corps, ses griffes affûtées me piquant au travers des draps, puis elle s'est coulée dans le creux de mon épaule, et s'est mise à ronronner puissamment. Des frissons de bonheur intense. Un courant électrique. Nous étions liées.

Des années plus tard, je me suis retrouvée bloquée chez moi pendant plusieurs semaines. Enceinte de cinq mois et demi, j'ai dû rester alitée car le bébé s'annonçait prématurément. Cadix a été ma compagne durant cette période à la fois angoissante, liée à une grossesse compliquée, et douce car, pour la première fois, moi la jeune reporter hyperactive, je goûtais à l'oisiveté – et qui de mieux qu'un chat pour enseigner l'art de ne rien faire ? Elle a passé toutes ces semaines sur mon ventre qui s'arrondissait, à envoyer des ondes positives au petit être auquel je m'apprêtais à donner vie. Le bébé donnait des coups de pied, faisant des bosses sous ma peau, et Cadix mettait ses pattes duveteuses exactement à l'endroit de l'impact. Cadix et mon fils, Aurélien, ont été les meilleurs amis du monde pendant huit ans. »

J'avais à cœur d'interroger ces écrivaines sur la façon dont les chats influençaient leur écriture. Sigolène m'a expliqué qu'elle ne pouvait pas écrire avec un être humain dans les parages. « Mais la présence d'un chat est si particulière, ils sont là sans être là, ils m'aident à me concentrer et à me sentir en sécurité au moment où j'écris. J'ai besoin de calme et tout s'apaise. Quand j'écris, ils s'endorment, ne ronronnent pas. Les trois chats qui accompagnent l'écriture de mes livres, je les appelle mes secrétaires particuliers et mon archiviste. » Adeline, quant à elle, parle de son « chat d'écriture », Lou – Loulou à l'usage. « Il est entré dans ma vie pile au moment où j'ai décidé de consacrer le plus de temps possible à l'écriture. Il est le chat qui voit naître mes textes. Il est le chat de mes doutes, le chat de mes grandes joies, celui qui durant ce confinement absurde de mars à mai 2020 m'a motivée pour me mettre tous les jours à ma table de travail et sans lequel mon roman *Les Frénétiques* n'aurait jamais pu naître si vite. »

Une chose est sûre, chacune de ces écrivaines a appris quelque chose de singulier grâce aux chats. Stéphanie me confie que les chats lui ont appris à regarder : « Ils observent le monde dans les moindres détails. C'est fondamental quand on est écrivain. D'ailleurs, Sido donnait ce conseil à sa fille, Colette : "Regarde !" On ne regarde jamais assez. Les chats, eux, passent leur temps à ça. » Pour Sigolène, la leçon de vie est assez évidente : c'est la paresse et le sommeil. « J'aime dormir à n'importe quelle heure du jour et de la nuit, je n'ai jamais pensé que le sommeil était une perte de temps. J'aime aussi chez le chat le refus des caresses ou l'abandon total à ces caresses selon un calendrier secret. » Quant au chat de Line, il lui apprend à vivre aux aguets de ce qui se passe dehors et à « considérer que nous sommes dans ce monde pour le recevoir et non pour le modifier comme les humains le font constamment. Les chats nous rappellent aussi qu'en étant attentif aux choses, on trouve de la beauté partout ».

Le Chat Bleu

Hommage à Richard Brautigan et sa série des Baudelaire.

Baudelaire se promenait sur la plage du Touquet
Et les étoiles inspectaient sa mélancolie
L'autopsie pratiquée par les littérateurs
Attendrait car le poète regagna la ville
Où il fut attiré par la vitrine éclairée
D'une boutique ouverte
C'est étrange, se dit-il, il est bientôt minuit
Il leva la tête pour lire l'inscription
« Chocolaterie Au Chat Bleu »
Et décida d'en franchir le seuil
Derrière le comptoir garni de mille délices chocolatés

Une jeune femme l'accueillit
« Bienvenue au Chat Bleu ! »
Baudelaire lui dit
« Viens, mon beau chat, sur mon cœur amoureux »
Perplexe, elle lui répondit
« Nous sommes ouverts jusqu'à minuit »
À ces mots, Baudelaire répliqua
« La pendule sonnant minuit, ironiquement nous engage, à nous rappeler quel usage, nous fîmes du jour qui s'enfuit

– Ça alors, s'étonna la jeune femme, vous allez me sortir un poème pour chaque parole que je prononce ? Si votre poésie est aussi savoureuse que le chocolat, vous devriez ouvrir une boutique de poèmes !

– Une boutique de poèmes, s'étonna Baudelaire. Est-ce que les gens s'y arrêteront ?

– Si vous les enrobez dans du chocolat, oui ! »
Baudelaire y songea et, de retour sur la plage,
Fit une promesse aux étoiles
« Dorénavant, chaque que fois que je composerai un poème, je mangerai un chocolat ! »

Playlist pour un karaoké avec son chat

Il y a deux moyens d'oublier les tracas de la vie :
la musique et les chats.
Albert Schweitzer

The Lovecats – The Cure
Year of the Cat – Al Stewart
Phenomenal Cat – The Kinks
Stray Cat Blues – The Rolling Stones
That Darn Cat – Louis Prima
A Cat Had a Birthday – Sesame Street
Le chat – Pow Wow
Tout le monde veut devenir un cat – Les Aristochats
The Aristocats – Maurice Chevalier
Le petit chat est mort – Renaud

What's New Pussycat? – Tom Jones
La chanson des siamois – La Belle et le Clochard
La Mère Michel
Honky Cat – Elton John

Et si vous avez encore de la voix (pas de chat dans la gorge)…

N'importe quelle chanson de Cat Stevens, *Chat, c'est vraiment toi*, l'intégrale de Patricia Cats et celle de Cat Power.

Des chansons de Nick Cave pour son rôle de H. G. Wells dans le film consacré à Louis Wain, *La Vie extraordinaire de Louis Wain*, et dans lequel il lit à la radio le texte que l'auteur de *La Guerre des mondes* avait publié au sujet du dessinateur : « Il a fait le chat à son image. Il a inventé un style de chat, une société de chats, tout un monde de chats. Les chats anglais qui ne ressemblent pas et ne vivent pas comme les chats de Louis Wain devraient avoir honte. »

Et encore : l'intégrale d'Amy Winehouse pour la simple raison que c'est merveilleux et que, ainsi que le déclare Juliette Ashby, l'une de ses meilleures amies, dans un documentaire qui est consacré à la créatrice de *Back to Black* et *Tears Dry on Their Own* : « À la période la plus heureuse de sa vie, Amy n'a jamais dit je veux être connue, je veux être une star. Elle voulait devenir serveuse en patins à roulettes, elle voulait devenir journaliste, elle voulait… sauver des chats. »

Des chats sous les bombes

Aux premiers jours de la guerre en Ukraine et des déplacements de population dus aux bombes déversées par les avions russes, les actualités ont montré des centaines de réfugiés essayant de rejoindre l'ouest avec des animaux domestiques dans les bras. Des chiens et des chats. Sauvés des flammes, comme si par ce geste on sauvait plus que sa part humaine, on emportait avec soi l'âme véritable du foyer. Dans son ouvrage consacré aux animaux, *Zoophilie*, Henri Lautard écrit que, dans l'Égypte ancienne, « quand un incendie dévorait une maison, les Égyptiens se préoccupaient surtout de sauver les chats ».

De nombreux médias, dont Brut et *Le Parisien*, ont consacré des reportages à tous ces chats et chiens séparés de leur famille durant les bombardements, recueillis par des associations parmi lesquelles YouCare ou la ferme-refuge Les 3 Dindes, et qui ont transité par la Pologne pour venir trouver des familles d'accueil en France.

La plupart du temps, les animaux sont terrorisés ; de la peur abrupte ou lancinante, des bruits sifflants et sourds, ils conservent la mémoire vive, l'empreinte et les ondes.

Dans les refuges polonais qui débordent, voir ces chats prostrés dans leurs caves est un crève-cœur. « Ce sont des animaux traumatisés qui n'ont pas pu quitter l'Ukraine avec leurs propriétaires pour certains, explique Lisa Fernandez, présidente des 3 Dindes, ou qui, pour d'autres, se sont échappés à cause des bombardements. On va tout faire pour qu'ils aient un avenir serein. »

Comme Lisa, des associations et des individus contribuent, dans chaque pays traversé depuis l'Ukraine, à sauver ce lien essentiel et puissant entre l'humain et l'animal – cette notion de foyer, qui n'a pas besoin d'être une maison comme le dit si bien ce proverbe indien : « Ce ne sont pas les pierres qui bâtissent la maison, mais les hôtes. »

Poème Chat

Si tous les mystères du monde
Pouvaient s'amadouer
Par quelques croquettes
Et revenir danser
Sur la crête d'un songe
Ou le dossier d'un canapé.
Le chat passe
Et demeure
Avec la discrétion d'un fantôme
Familier et hautain
Toujours ici, déjà ailleurs
Sans parages et dans le coin,
Je voudrais qu'il me donne
Un peu de son mystère
Et de sa majesté

Moi qui me sens si faible
Et démuni
Quand tu apparais
Le chat qui ne connaît pas vraiment la possession
Et boude un peu la soif
Qu'on l'entoure d'une affection démesurée
Et le voilà encore
Livré à lui-même
Dans cette ville où le silence n'existe plus
Je suis comme lui
Sur le qui-vive au moindre bruit
Je le regarde et j'envie
Sa souplesse et son agilité
Et l'amour fou qui n'est pour lui
Qu'un événement de la journée
Comme un autre.

Dans le fond du bus

Pourquoi sommes-nous allés nous asseoir au fond du bus ? Avec qui, déjà ? Au milieu de qui ? Et combien de temps a duré le trajet ? Il y avait toute une flopée d'embouteillages, sur la route du retour. La nuit est tombée derrière les vitres, nous n'avions plus la force de nous raconter des choses, plus l'alibi de la parole pour faire état de nos rapprochements et je sentais mon cœur battre comme un exocet pâle plongé dans un aquarium.

Et puis tu as posé ta tête sur mon épaule. J'en suis resté stupéfait. Sonné par le caractère imprévisible et la douceur de ton geste. Je n'ai pas bougé. Comme lorsqu'un chat nous désigne, aux yeux du monde, en choisissant de venir s'installer sur nos jambes.

Je ne sais plus combien de temps a duré le voyage, mais sache qu'avec tes manières de chat, tu m'as tiré du commun des mortels, toi dont le passage dans ma vie fut, cette année-là, mon couronnement suprême.

Remerciements

Je dédie ce livre à la mémoire de mon grand-père, Jacques Collas, qui a rendu son dernier souffle, endormi dans son fauteuil, un livre dans la main et un chat sur les genoux.

Je remercie chatleureusement Élisabeth Anaïs, Stéphanie Hochet, Line Papin, Sigolène Vinson, Adeline Fleury et Marie Binet.

Les chats qui sont venus dire bonjour durant l'écriture de ce livre : Duchesse, FronFron et O'Malley, le chat Haricot de Christine Puech, le chat Bulle de Sarah Briand, Totem, le chat sacré de Birmanie de Laure Manel, Hermione, le chat de Léa Wiazemsky, Fifi, le chat de Jean-Marie Salhani, Tigrou, qui a été sauvé et recueilli par Françoise Moisy, Shasta, le chat de Claire Barré, et Adonis, le chat de Marc-Louis Questin.

Merci à l'École du chat de Trouville-sur-Mer pour son action formidable en faveur des chats perdus, abandonnés ou errants.

Des miaou à Alice Peuvot, Constance Roche, à toute l'équipe des éditions Les Pérégrines et à celle d'Harmonia Mundi.

Et enfin, un grand merci à Aude Chevrillon, qui n'était pas forcément une amie des chats, mais qui a été séduite par ce chatpitrage.

Bibliographie sélective

AGNEL Émile, *Curiosités judiciaires et historiques du Moyen Âge. Procès contre les animaux*, J.B. Dumoulin, 1858.

BÉATA Claude, *La folie des chats*, Odile Jacob, 2022.

CAPOTE Truman, *Breakfast at Tiffany's*, Random House,1958.

CARELMAN Jacques, *Catalogue des objets introuvables*, Balland, 1976.

CHOLLET Mona, *Sorcières. La puissance invaincue des femmes*, Zones/La Découverte, 2018.

CLAIR Jean (dir.), *Balthus*, Flammarion 2001.

CLARK Kenneth, *Léonard de Vinci*, Le Livre de poche, 2005.

CLAVAL Sylvie et DUNETON Claude, *Le bouquet des expressions imagées. Encyclopédie thématique des locutions figurées de la langue française*, Seuil, 1990.

COSTANTINI Costanzo, *Balthus, à contre-courant. Entretiens avec Costanzo Costantini*, Noir sur Blanc, 2001.

CRUMB Robert, *The Complete Crumb Comic Covers*, Cornelius, 2022.

DARRAGON Éric, *Manet*, Fayard, 1989.

DICKENS Charles, *Londres, la nuit*, Rivages Poche, 2013.

ELIOT T. S., *Old Possum's Book of Practical Cats*, Faber and Faber, 1939.

FAURE Élie, *Velázquez*, Les Équateurs, 2015.

FINGER Bill, *Catwoman. A celebration of 75 years*, DC Comics, 2015.

FOUCAULT Michel, *Le corps utopique*, Lignes, 2009.

FRUGONI Chiara, *Vivre avec les animaux au Moyen Âge*, Les Belles Lettres, 2022.

HOCHET Stéphanie, *Éloge du chat*, Rivages Poche, 2016.

KIRAZ, *Les Parisiennes de Kiraz*, catalogue du Musée Carnavalet, Paris musées, 2008.

LAUTARD Henri, *Zoophilie, ou Sympathie envers les animaux*, Société française d'imprimerie et de librairie, 1909.

LEYLAND Simon, *A Curious Guide to London*, Bantam Press, 2014.

MACKAY Charles, *Memoirs of Extraordinary Popular Delusions*, Richard Bentley, 1841.

MURAKAMI Haruki, *Abandonner un chat. Souvenirs de mon père*, Belfond, 2022.

PEYO, « Le voleur de Schtroumpfs », *Les Schtroumpfs noirs*, Dupuis, 1963.

ROWLING J. K., *Harry Potter et le prisonnier d'Azkaban*, Gallimard jeunesse, 1999.

SEMPÉ, *Sempé à New York*, Denoël/Martine Gossieaux, 2016.

VIRCONDELET Alain, *Mémoires de Balthus*, Le Rocher, 2016

Retrouvez la playlist
à écouter avec son chat

Table des matières

Dans la même collection

Petit éloge de la gentillesse, Emmanuel Jaffelin
Petit éloge du charme, Harold Cobert
Petit éloge des saisons, Pierre Pelot
Petit éloge du catholicisme français, Jean-François Bouthors
Petit éloge de David Bowie, Daniel Salvatore Schiffer
Petit éloge de l'enfant, Pierre Lassus
Petit éloge de la course cycliste, Jean Cléder
Petit éloge des gares, Pierre Lassus
Petit éloge du surf, Joël de Rosnay
Petit éloge de Tintin, Jacques Langlois
Petit éloge de la gourmandise, Nicolas d'Estienne d'Orves
Petit éloge de la gratitude, Olympia Alberti
Petit éloge du baiser, Jérôme Attal,
Petit éloge du running, Cécile Coulon
Petit éloge de la jouissance féminine, Adeline Fleury
Petit éloge de la chanson française, Didier Tronchet
Petit éloge des anti-héroïnes de séries, Anaïs Bordages et Marie Telling
Petit éloge de la médiocrité, Guillaume Meurice
Petit éloge du transat, Vanessa Postec
Petit éloge du rugby, Ludovic Ninet

Pour limiter l'empreinte environnementale de leurs livres, Les Pérégrines font le choix de papiers issus de forêts gérées durablement et de sources contrôlées.

Imprimé en France par Corlet en juin 2023
sur du papier Holmen Book Cream pour l'intérieur
et Kingdom Laid Oyster pour la couverture.

IMPRIM'VERT®

Dépôt légal : septembre 2023
N° d'impression : 23060269
ISBN : 979-10-252-0597-6